AF390411

LES CONCUBINES DE LA DIRECTRICE

Un récit érotique au pensionnat

**Écrit par
Tap-Tap**

Octobre, le mois des tristesses pour la prime jeunesse, le vilain mois où il faut réintégrer les institutions d'éducation, les vacances finies ! Que de pleurs répandus, que d'ennuis et que d'angoisses en pensant aux longs jours à écouler pendant l'internat. On y a passé, on a souffert, et on transmet le supplice à ses enfants. Cependant, reconnaissons-le, parmi ceux-ci, beaucoup prennent rapidement le parti de la chose, la minorité seule soupire et languit. Et, dans cette minorité, combien de natures douces et délicates, que broie la régularité sèche et dure de la vie scolaire ! L'institution de miss Sticker, à ce renouvellement d'année, voyait couler bien des larmes, mais ces larmes se tarissaient vite sous l'effroi des châtiments que s'attiraient les plus endolories. Les parents conduisaient les enfants à la sévère directrice, qui leur donnait quelques explications sur le progrès intellectuel et moral acquis par les élèves, et les quittaient pour ne les retrouver libres qu'aux seules vacances de fin d'année. Les rentrées s'effectuaient par classes, les plus jeunes, les premières, les grandes en dernier, à un jour d'intervalle par division. Et l'on introduisit, dans le salon de miss Sticker, madame de Glady, ramenant sa fille Reine.

Que de changements en la fillette, depuis deux ans où elle fut laissée au mois de novembre entre les mains de la directrice ! C'était maintenant une véritable jeune fille, quoiqu'elle n'eût que quinze ans et cinq mois, à la tournure svelte et élégante, à l'aspect gracieux et aimable. Vêtue d'un costume tailleur bleu, lui pinçant la taille et bombant la poitrine, elle paraissait certes plutôt vingt ans que quinze, mais quels soins la plante avait reçus sous le rapport amoureux ! Un grand chapeau ornait sa tête toujours fine et jolie, aux yeux bleus et souriants, et lui donnait encore davantage l'allure femme.

Introduite avec sa fille, madame de Glady salua avec effusion miss Sticker, et la remercia de toutes les bonnes leçons enseignées à sa fille, des progrès merveilleux accomplis, et de sa bienveillante sollicitude qui avait daigné pendant les vacances s'intéresser à l'enfant, au point de lui écrire toutes les semaines.

— Reine, conclut-elle, a largement profité sous votre autorité, et avec son père nous nous réjouissons de l'idée que nous eûmes de vous la confier !

— Je n'ai rempli qu'une faible partie de mon devoir, Madame ; je reprends donc votre fille. Il est inutile qu'elle en entende plus long, elle pourrait tirer vanité de vos paroles. Elle vous a dit adieu ; je vais la remettre à la servante qui l'accompagnera à sa chambre, pour revêtir sa toilette de pensionnaire. Vous permettez ?

Madame de Glady ne remarqua pas que cette fois miss Sticker ne sonnait pas pour remettre la fillette, mais qu'elle l'accompagnait dans une pièce voisine en la laissant seule dans le salon.

Cette pièce voisine était le cabinet de travail, et aussitôt que la directrice y eut pénétré avec Reine, la porte refermée sur la mère, elle attira gloutonnement la jeune fille dans ses bras, appliqua les lèvres sur les siennes, en murmurant :

— Qu'il me tardait de te revoir, mon petit ange, et que tu as encore embelli en France !

Reine rendait la caresse, les bras jetés autour du cou de miss Sticker, sortait sa langue pour la pigeonner, et répondait :

— Et moi, ce que je suis heureuse de te revenir, ô mon petit époux !

Les baisers se multipliaient et se prolongeaient, il fallait s'arracher à l'étreinte, miss Sticker se dirigea vers la porte pour retourner près de madame de Glady, et reprit :

— Déshabille-toi, tout est fermé par ici, je t'attendais.

— Je me déshabille toute nue ?

— Oui.

Elle rentra dans le salon, grave et austère, comme elle en était sortie, et échangea encore quelques mots avec madame de Glady.

Pendant ce temps, Reine se débarrassait de son chapeau, que sans se gêner elle posait sur le bureau de la directrice, jetait un coup d'œil curieux autour d'elle, admirait une magnifique fourrure noire étendue sur le sol et reposant par le haut sur le fameux divan où elle perdit son pucelage ; elle retirait son corsage, sa robe, ses jupons, qu'elle laissait tomber en tas ; ôtait son pantalon qu'elle lançait sur un fauteuil avec son corset rapidement délacé ; et elle se trouvait en chemise, lorsque miss Sticker la rejoignit, en chemise avec des bas noirs que rehaussaient des jarretières en soie bleue, et des bottines serrant le cou-de-pied.

Elle dénouait l'attache de la chemise : déjà miss Sticker

était à ses genoux, lui passait les bras autour de la taille, et s'exclamait :

— Ma chérie, ma chérie, tu n'es plus une fillette, mais bien une femme !

— Grâce à toi, répondit Reine avec un sourire exquis, se laissant peloter et montrant ses seins formés et fermes. Vois, ma mère les avait à seize ans, moi je les ai à quinze. C'est ton amour qui a accompli le miracle.

— Que tu es belle !

Le corps nu rayonnait sous ses yeux : elle portait les lèvres sur les cuisses, sur le conin, le minet, le nombril ; elle appuyait des mains tremblantes sur les hanches bien dessinées, sur le cul rond, potelé, et bien en ampleur : elle embrassait partout ; désignant la fourrure, elle murmura :

— Étends-toi là-dessus, que je prenne un premier acompte ! Les caresses ensuite. Je meurs sous le désir de te posséder ! Moi aussi, je me suis précautionnée pour ne pas retarder notre bonheur.

D'un geste sec, elle dénoua le cordonnet qui retenait la robe de chambre large et majestueuse, sous laquelle elle avait jugé bon de recevoir les parents et les élèves, et apparut nue. La femme qu'elle représentait redevenait un homme, ce n'était plus miss Sticker, mais bien Jean Sticker, l'amant, l'époux devant la nature, de Reine, avec la queue en érection, un peu plus forte que l'année précédente, les couilles aussi plus grosses.

— Oh ! fit Reine, il me semble que la machinette a grandi !

— Tu lui inspires tant de désirs !

Reine s'était couchée sur la fourrure : en femme experte,

elle écartait les cuisses et ouvrait les bras dans lesquels se laissait aller la fausse miss Sticker ; elle-même, elle dirigeait la queue au bon endroit, à la porte du gentil conin qu'elle dépucela, aspirant à ce qu'elle en franchit vite le seuil ! Ah, le doux frottement des épidermes ! Les lèvres se dévoraient de caresses, la petite cochonne de Reine ne cessait d'actionner sa langue dans la bouche de la directrice ; d'une de ses mains elle lui caressait les reins, les fesses, la pressait sur son ventre, pour mieux la sentir dans son vagin. La queue avait pénétré, et les soupirs d'extase soulevaient les deux poitrines : directrice et élève faisaient des yeux blancs et se trémoussaient pour se fondre en un seul corps. Une sonnerie se fit entendre dans le salon ; elle annonçait l'arrivée d'une élève et de ses parents, miss Sticker précipita le coït, la queue déchargea son sperme dans le ventre de Reine, pas une goutte ne se perdait au dehors. La jeune fille se tordait dans les délices de la possession, son amant s'arracha à l'ivresse folle qui les emportait loin de ce monde, courut revêtir sa robe de chambre, et dit :

— Tout à l'heure, ma chérie, dans le petit cabinet, là, à côté, tu trouveras tout ce qu'il te faut pour ta toilette ; reste nue, et enveloppe-toi dans la fourrure si tu n'oses te regarder, ou si tu as froid.

— Reviens vite.

Miss Sticker, les jambes vacillantes, l'aspect rogue, peut-être encore plus qu'à l'habitude, revint dans son salon, et Reine, après avoir fait sa toilette, se plaça devant une glace pour exécuter des mimeries de poses mettant en relief ses reins ou ses fesses. La chère petite était fière de sa beauté ! Une curiosité enfantine la saisissant, elle s'approcha de la porte communiquant avec le salon, souleva la tenture, et tâcha de voir par le trou de la serrure qui lui enlevait ainsi son amant.

Elle distingua son amie Alexandra Corsiger et sa mère, qu'elle n'avait encore jamais vue, une jeune femme blonde, de taille élancée, très élégante. Elle parlait avec un fin sourire sur les lèvres et recommandait sa fille, miss Sticker répondait de son ton froid et digne ; elle frappa sur un timbre, Alexandra disparut, puis, après l'échange de quelques paroles, madame Corsiger se retira à son tour, Reine courut se recoucher sur la fourrure.

Miss Sticker la rejoignit : sans un mot, elle s'agenouilla, posa la tête sur ses cuisses, et lui fit minettes, la langue marchait, marchait, happait les petites lèvres, se dardait pour enfoncer dans le vagin, picotait le clitoris. Reine développait ses sexualités, s'amusait à presser entre ses jambes les joues de la directrice, qui murmura :

« Je t'ai eue, j'ai calmé ma première soif, je me délecte de tes chairs. »

Reine sursautait : les minettes s'accusaient de plus en plus ardentes. Elle appuyait la tête sur le rebord du divan, ramenait les jambes vers le ventre pour bien offrir l'épanouissement de son sexe aux suçons de miss Sticker. Celle-ci s'en donnait à cœur-joie. Elle la retourna enfin et s'extasia sur la beauté de son cul, qu'elle pelotait, manipulait, ne cessant d'embrasser et de sucer, tant et tant qu'elle recommença à bander. Le délire

sensuel se communiquait aux deux corps, l'acte de possession redevenait nécessaire, l'importune sonnerie rappela
miss Sticker à ses devoirs.

Son attitude s'affichait de plus en plus sèche en revenant
à son salon : elle laissait sa chère petite amie allongée sur la
fourrure, dans une extatique félicité et qui lui disait, en se
soulevant sur les mains :

« Reviens, reviens vite, pour m'enfoncer la machinette dans
le ventre ou dans le cul, jamais on ne s'en lasserait. »

Reine n'alla pas voir cette fois qui arrivait ; elle attendit,
couchée en chien de fusil sur la fourrure, le retour de son
amant, qui ne la fit pas languir.

« Je crois que cela touche à la fin, et qu'on ne nous déran-
gera plus cette fois. J'en étais à te lécher le cul, donne-le moi. »

Reine se replaça sur le ventre, sans observation, et la langue
de miss Sticker qui s'égarait tout le long de sa fente.
— Cher trésor, murmurait la directrice, j'ai commencé par
te fouetter, puis par jouir sur toi, à travers ma robe, pour enfin te dépuceler, toi, et aussi ton gentil voisin, aimes-tu ton
époux ?
— Mon époux, mon époux, répéta Reine, se redressant sur
les bras, donne-moi ta machinette, que je l'embrasse, que je la
suce, pour qu'elle gonfle bien, beaucoup.
— Elle gonfle, vois.
— Enfonce-la dans ma bouche.
Reine pirouetta, se glissa sous le ventre de miss Sticker,

attrapa avec ses lèvres la queue de nouveau en forme, et sut
la faire bander en quelques chaudes lippées. Alors elle la ren-
versa sur le dos, et, prenant la direction du combat, elle vint
s'étendre par dessus, plaçant la queue à l'entrée du conin. Elle
avait bien l'instinct des jeux de l'amour. Elle imprima quelques
secousses de ses reins, et se trouva enconnée. La manœuvre
s'établit simultanée : elle appuyait le vagin sur l'organe viril
qu'elle tenait enfermé, et le ventre mâle répondant à son défi
actionnait l'assaut ! Ah, ce que la félicité les dominait ! Les
deux ventres s'unissaient, se collaient, les pelotages se multipliaient et les langues se cherchaient pour se chatouiller, se
pigeonner : la queue gonflait, gonflait ; le vagin l'aspirait, la retenait : la décharge partit ; un même cri d'ivresse voluptueuse
les fit se lécher le nez, les yeux, les oreilles : les tressauts ne
s'arrêtaient pas, l'amante et l'amant jouissaient, se disant en
même temps :

« Encore, encore ! »

À grand peine, elles s'arrachèrent à cette extase pour passer
au cabinet de toilette ; le quittant, Reine demanda si elle devait
s'habiller.

« Pas encore, répondit miss Sticker s'installant sur la fourrure pour la prendre sur ses genoux et la pigeonner, tout en
échangeant les mots les plus tendres. »

Deux fois encore on l'appela ; elle ne consentait pas à la
laisser se rhabiller. Cependant la nuit venait. Il était près de
cinq heures et, depuis le commencement de l'après-midi, elle

gardait Reine. Il fallait se résigner à cesser une aussi belle partie. Elle lui servit de fille de chambre, mais s'opposa à ce qu'elle remît son pantalon.

« Celui-là, dit-elle, je le conserve jusqu'aux prochaines vacances ; toutes les nuits, il sera près de moi. »

Reine jubilait d'une telle manifestation de tendresse et bénissait le ciel qui la plaçait juste dans le seul pensionnat où elle aurait toute liberté d'entretenir les plus chaudes relations avec un amant. En ce moment elle ne pensait plus aux goûts pervers qui la firent courir sous les jupes de ses maîtresses et de ses compagnes. Elle se revêtait avec des minauderies à rendre jalouse la plus experte coquette, ne se rajustant néanmoins que de façon très sommaire, parce qu'elle devait aller remettre sa tenue de pensionnaire. Elle arrangea ses cheveux, qu'elle ne portait pas à la polisson pour l'instant, remit son chapeau, et une fois encore se jeta dans les bras de miss Sticker, qui parlait de lui manger la bouche. Elle était vraiment jolie et adorable après cette séance de luxurieuse passion, qui lui bistrait les yeux, lui pâlissait le teint. Elle murmura :

— Si on m'a vu arriver avec ma mère, on va savoir que je suis restée longtemps enfermée dans ton cabinet de travail !

— Je t'y ai fait travailler ; je suis la seule personne à qui tu doives des explications.

— On s'en souviendra, époux chéri ! À bientôt.

— Oh oui bientôt, mais pas avant trois ou quatre nuits ; j'ai à m'occuper de la réorganisation : tu entres dans la division de mistress Nelly. Ah, que je t'apprenne une nouvelle, miss Grégor n'appartient plus à ma maison !

— Miss Grégor est partie !

— Je l'ai priée de se chercher une autre situation : du reste, cette année, tu n'aurais plus été dans son étude. Reine sortit du salon de miss Sticker pour se diriger vers sa chambre, la même que celle occupée avant les vacances ; mais, à mi-chemin, elle revint sur ses pas, et avec cette audace qui la qualifiait, elle ouvrit la porte de miss Sticker, vit le salon désert, s'avança sur le seuil du cabinet de travail, et aperçut la directrice à deux genoux, la tête sur son pantalon, qu'elle embrassait avec fougue.

— Je le pensais, Jean, dit-elle en souriant, et je suis venue te prier de me donner quelque chose de toi.

— Quoi, quoi, mon adorée !

— Un de vos mouchoirs de dentelle, miss Sticker, avec lequel vous vous toucherez la machinette et ses petites boules : je le porterai tout le temps sur mon cœur.

— Ah, la divine amante, ah la tendre amoureuse, oui, oui, tu vas l'avoir : ou plutôt non, je te l'enverrai à ton étude, ce soir, avant le coucher, après l'avoir gardé dessus pendant une bonne heure.

— Quelles folies ça risque de m'inspirer !

— Tu seras fatiguée et tu dormiras. À présent, sauve-toi.

Sans aucun incident, Reine parvint à sa chambre, où elle se mit en toilette de pensionnaire, et put enfin exécuter son entrée dans la division de mistress Nelly, une brune de vingt-cinq ans, qu'elle connaissait déjà et qui l'accueillit avec gentillesse, tout en disant :

— Vous êtes la dernière, Miss Reine !

— Madame la directrice m'a retenue.

— Ah, très bien, très bien ! Vous retrouvez dans ma division vos compagnes de l'an dernier. C'est demi-congé pour terminer la journée, vous pouvez renouer connaissance et vous embrasser.

Alexandra, Lisbeth, May, Eva et toutes les autres lui sautèrent au cou, s'extasiant sur son développement physique, qui s'annonçait, il est vrai, merveilleux déjà au moment des vacances, mais que jamais elles n'eussent supposé aussi prompt. L'étude se retrouvait donc telle que l'année précédente, avec deux élèves en plus, faisant monter le nombre à quatorze. On babilla et on prit possession de ses pupitres, rangés, ceux-ci, autour de la salle d'études, avec la table-bureau de la sous-maîtresse au milieu.

Des curiosités malignes se trahissaient dans les yeux : Mistress Nelly ne s'éloignait pas de son personnel ; on n'osait trop se communiquer ses pensées : néanmoins, dans la répartition des places, Alexandra et May s'arrangèrent pour être les deux voisines de Reine.

Celle-ci installait ses livres et ses cahiers comme ses camarades : les pupitres étaient levés, elle put échanger quelques regards et quelques mots avec toutes les deux.

— Es-tu contente de revenir, Alexandra, demanda-t-elle ?

— Oui, il me manquait ce que tu sais.

— Tu y penses donc toujours ?

— Et toi, n'y penses-tu plus ?

— Oui et non.

— Oh, dit May qui avait entendu, moi qui comptais que tu...

— Quoi donc ?

— Tu te rappelles bien ! Tes caresses...

— Sur ton joli derrière ! Je te le ferai au moins une fois pour voir si j'ai toujours le goût !

— Tu te laisseras bien faire par moi, interrogea Alexandra ?

— Oui, dit Reine avec un long regard.

Allait-elle passer dans celles à qui on le fait ? Elle le croyait elle-même à cette heure.

May, qui allongeait une petite moue et qui avait Eva pour autre voisine, aperçut le regard interrogateur de celle-ci : elle lui murmura :

— Reine qui a été changée en nourrice, elle ne sait pas si elle le fera.

— Tu la remplaceras, lui souffla Eva tout bas.

— Merci bien, ce n'est pas mon genre.

— Tu ne refuses pas de faire jouir en branlant !

— Je te défends de me parler de ça ! Je ne l'ai fait qu'à toi, et deux fois seulement.

— Tu le feras davantage, cette année, et autre chose avec.

May hocha la tête : elle sentait le terrain terriblement glissant.

La vie des études s'établit comme par le passé, et Reine constata avec une certaine tristesse que ses goûts lesbiens semblaient s'assoupir, et dans tous les cas la tourmentaient moins qu'auparavant. Il est vrai qu'elle était dans les grandes et que, parmi celles-ci, les coureuses avaient disparu. Parties miss Ellen, miss Géo, miss Mary, et bien d'autres ! Et celles qui formaient actuellement la deuxième division, les jeunes filles de seize ans et demi à dix-huit, ne présentaient que des caractères très anglais, aux sens calmes et à l'humeur plutôt pudibonde. En dehors de sa division, elle ne pouvait reporter son attention que sur les fillettes entrées dans l'ancienne étude de miss Grégor, où il y avait en effet quelques jolies filles dont le tempérament ne demandait qu'à s'éveiller : mais il lui coûtait de s'adresser à ses cadettes, ou aux maîtresses.

Encore de ce côté, elle éprouva une déception à l'attitude très froide que lui témoigna madame Clary, à la classe de laquelle elle n'appartenait plus, et à celle de la remplaçante de miss Grégor, une assez jolie créature pourtant aux yeux très espiègles.

Dans son étude, en compensation, il ne lui subsistait aucun doute : Mistress Nelly lui faisait la cour, mais à la façon dont elle lui parlait en toute occasion, elle comprenait que la sous-maîtresse désirait la gamahucher, avant qu'elle ne la gamahuchât, en d'autres termes, qu'elle se posait en active et qu'elle la voulait passive. Aussi hésitait-elle.

En revanche, les études bien lancées, elle remarquait avec une joie passionnée que le feu de miss Sticker, loin de s'éteindre, brûlait avec une ardeur de plus en plus vive, que ses visites nocturnes s'espaçaient moins que l'autre année, et que plus elle se livrait, plus elle avait envie de la posséder.

Un phénomène curieux se passait chez la directrice : le sexe s'accentuait dans ces contacts, comme s'il eût été atrophié jusque là par l'inactivité.

Cette inactivité ne fut jamais bien absolue, mais probablement les sens de la terrible directrice attendaient cette heure et la présence de cette petite française, pour vibrer avec plus de force.

Si elle ne friponnait plus, du moins Reine reprenait son genre de coiffure polisson et attirant, et répondait de son mieux aux désirs de sa compagne Alexandra qui la gougnottait souvent et qui lui plaisait beaucoup, d'où son peu d'empressement à accepter les ouvertures de mistress Nelly. Pour avoir plus d'occasions de se trouver avec Reine, Alexandra obtint le consentement de ses parents à prendre en sa compagnie des leçons d'équitation.

Ces leçons étaient données par un ancien écuyer, Master Frédéric Bontemps, un bel homme de quarante ans, soigné de sa personne, et d'une réputation d'honnêteté très répandue.

Fréfré, comme on l'appelait, avait tellement su inspirer la confiance que, dans la sévère institution de miss Sticker, aucune surveillante ne le gênait dans ses cours, très peu suivis du reste, cette année ; car, en dehors de Reine et d'Alexandra, il n'avait guère que deux autres élèves, miss Cora Herbert et miss Helyet Patters, la première âgée de douze ans, la seconde de treize. Encore ces deux dernières ne prenaient-elles qu'une leçon par semaine, alors que Reine et Alexandra en prenaient trois.

Et ce fut au manège que le vice de Reine finit par trouver son aliment. Certes, elle tenait à son cher petit époux Jean, elle l'aimait et elle le comblait de tendresses, mais les filles d'Ève sont curieuses par nature, et d'esprit très volage. Reine voyait bien que depuis quelque temps le maître d'équitation, le beau Fréfré la regardait avec insistance, lui causait avec émotion, et que dans sa culotte, certaine grosseur s'accusait, lorsqu'il s'asseyait à son côté, ou qu'il la montait et la descendait de cheval.

Cette constatation faite, elle attisa le feu. Œillades, soupirs, petites et adroites provocations, allumèrent si bien le pauvre homme que souvent, tandis qu'Alexandra à cheval tournait sur la piste, il restait assis près de Reine, se familiarisant avec elle, se démasquant de plus en plus dans sa cour, s'emparant fréquemment de sa main pour la baiser, n'osant pas trop pousser plus loin.

Alexandra, qui s'apercevait de la chose, en riait et se moquait de Reine, surtout lorsqu'après avoir revêtu son costume de cheval, celle-ci prête à monter en selle, pour s'élancer dans la haute voltige, elle lui faisait arranger un pli à sa robe : elle ne manquait jamais de s'écrier, en ayant l'air de narguer Fréfré parce qu'elle pinçait les fesses de son amie.

« Ah, comme il y en a qui voudraient faire ce que je fais ! »

Un après-midi, Reine, en sautant à bas de cheval, dans les

bras de Fréfré, s'arrangea de telle façon qu'elle lui heurta la queue de son genou. Il devint très pâle, et ayant mis Alexandra sur une seconde bête, il la rejoignit sur un banc en recul, et d'où il pouvait néanmoins surveiller les exercices de l'élève.

— Miss Reine, dit-il, avez-vous eu un dessein quelconque en sautant comme vous l'avez fait ?

— Vous êtes bien indiscret, Fréfré, répondit-elle en minaudant.

Gravement, il tira de sa poche une boîte, l'ouvrit, et montrant qu'elle renfermait une jolie paire de jarretières, il reprit :

— Je désirerais vous les offrir, en vous priant de me donner celles que vous portez.

— Pourquoi pas, Fréfré ? Faut-il que je les retire ?

L'audacieuse fille, relevant ses jupes sur les genoux, esquissa le geste de les défaire.

— Vous devriez me laisser ce soin, miss Reine, le souvenir ne m'en resterait que plus palpitant.

Elle rabaissa ses jupes et répondit :

— Je ne refuse pas, mais je veux réfléchir.

Fréfré ne cachait pas l'émotion qui le dominait. Reine apercevait dans sa culotte des mouvements qui révélaient la violence des désirs, et l'envie la saisit de goûter de l'homme.

Elle se pressa contre lui sur le banc ; il ne résista pas et l'enlaça ; elle se pencha pour appuyer la tête sur son épaule, il se courba et l'embrassa sur le front.

« Eh bien, ne vous gênez pas, cria Alexandra qui, en cet instant, passait à cheval devant eux. »

Sans se troubler, Reine attrapa la moustache de Fréfré, l'embrassa sur les pointes, et dit :

« Faites-la descendre, montez à sa place, prenez-moi dans vos bras comme si vous m'enleviez, et quand je serai devant vous, je vous permettrai de me retirer mes jarretières. »

Un régiment se fut trouvé devant le maître d'équitation, qu'il n'eût pas reculé. L'aventure ne se dérobait pas, il l'acceptait avec toutes ses conséquences. Il aida Alexandra à sauter à bas de cheval, il se hissa prestement en selle, Reine s'approcha, il la souleva, et en un rien de temps, il l'installa devant lui, pour lancer ensuite l'animal au demi-trot.

La jeune vicieuse jouait à merveille sa fantaisie : sur le cheval, elle se plaça près du cavalier, presque dans ses bras, pour qu'il la préservât de tout faux mouvement, elle retroussa les jupes, et dit :

« Voilà mes jarretières, ôtez-les moi. »

Elle montrait la jambe bien au-dessus du genou, il détacha une première jarretière, la baisa et la mit dans sa poche ; elle tendit la seconde jambe, et reprit :

« Enlevez l'autre. »

La même opération réussit aussi bien, et quand elle eut été exécutée, elle bondit habilement sur l'encolure du cheval, de façon à faire face à Fréfré, et tirant les jupes sur son ventre, elle ajoute :

« Regardez et concluez. »

L'espiègle qui, pendant qu'Alexandra s'apprêtait à descendre de cheval, s'était réfugiée une seconde dans le cabinet d'habillement, et y avait quitté son pantalon ; sous le retroussage la chair du ventre apparaissait, et Fréfré affolé allait peut-être commettre l'imprudence de l'attaquer sur la bête, lorsqu'elle commanda :

« Arrêtez-vous devant le banc, et obligez Alexandra à remonter. »

Elle dictait bien ses ordres.

Devant le banc, sur lequel s'était assise Alexandra, les yeux écarquillés sur ce qui se passait, Fréfré déposa Reine à terre, sauta à son tour, et tint le cheval immobile. Il allait prier Alexandra de s'élancer à nouveau sur la piste, lorsque sa terrible élève l'arrêta par le bras, en disant :

— Non, il vaut mieux qu'elle surveille d'ici ; Alexandra, prends le cheval par la bride, et préviens-nous si on vient.

— Qu'allez-vous faire ?

— Tu le verras.

Le maître d'équitation était dans une exaspération folle devant cette fillette qui agissait avec une telle autorité. Elle le poussait sur le banc, et il demeura un instant stupide lorsque se plaçant à cheval sur ses genoux, elle lui dit :

« Marchez donc, si vous le voulez : moi je veux bien. »

La chair agissait sur la chair : des sauts désordonnés dans

sa culotte indiquaient ce qu'il devait faire ! Il se déboutonna, sortit sa queue, un peu longue, mais de grosseur raisonnable, déjà elle frôlait le conin, en humait la fièvre.

« Ah, murmura-t-il, quelle nature ! »

Fallait-il oser ? Il hésitait encore, tandis qu'elle approchait avec adresse les cuisses de sa queue, qui exigeait l'action immédiate, témoignant sa volonté par de forcenés battements ; Reine appuyait de toute la force de son ventre contre le sien. La queue la caressait sur le clitoris, sur le minet, s'ébattait sur les lèvres sexuelles, la comblant d'une ivresse aussi violente que celle qu'elle éprouvait avec miss Sticker. Miss Sticker ! À quoi bon penser à d'autres, quand le plaisir vous pénètre ! Oui, oui, vous pénètre ! La queue ne s'égarait plus, elle franchissait les limites, elle s'emparait du vagin, elle s'y enfonçait, elle y disparaissait, pour accomplir son œuvre de baisage. Il n'était plus temps de revenir en arrière. Fréfré la possédait, il l'enconnait avec virilité, maintenant il la maîtrisait, elle devenait sa chose. Bah, elle ne s'en repentait pas. Alexandra épouvantée ne savait que balbutier :

— Reine, Reine, ma chérie, Reine, sauve-toi, ne reste pas sur ses genoux, c'est mal, c'est très mal.

La queue tout entière la travaillait dans son conin et dans son vagin : elle retroussa ses jupes par derrière et dit :

— Alexandra, approche-toi.

— Reine, Reine !

— Envoie ta main.

— Oh, ma chérie !

— Envoie ta main : que sens-tu ?

— Ma malheureuse chérie, tu es perdue.

— Non, que sens-tu ?

— Il te colle, il te tient, mon Dieu, tu es en danger !

— Non, non, si tu savais comme c'est bon ! Vois, si c'est gentil ! Ça glisse, ça entre et ça sort, ça s'enfonce, ah, ne me fais plus parler, regarde bien, je veux que tu sois au courant.

— Taisez-vous, petite bavarde, intervint Fréfré, et laissez-vous enfiler, puisque vous aimez qu'on vous le foute !

Alexandra agenouillée se pelotonnait, la tête baissée sous les fesses de Reine, et voyait l'œuvre d'amour s'accomplir.

Puis, elle claqua des dents devant les soubresauts de Fréfré dont les doigts se crispaient sur la fente du cul de Reine pour la maintenir enfilée, pendant qu'il lui déchargeait dans le ventre ! Et les fesses de Reine se soulevaient et s'abaissaient dans un mouvement vertigineux pour répondre à l'assaut mâle. Où finissait l'homme, où commençait la femme, la pauvre Alexandra ne distinguait plus rien : à deux genoux, elle se branlait, et lardait la langue dans le cul de Reine ; celle-ci, dans un suprême spasme, s'aplatissait contre la poitrine de Fréfré.

La Française ne manquait pas de sang-froid ; le maître d'équitation reprenait ses esprits, la queue à moitié hors du vagin ; elle lui donna une tape sur les joues, et dit :

« Tenez, regardez notre guetteuse, elle me lèche le cul et elle se branle. »

Le cheval poussa un hennissement ; avait-il plus de raison

que ces trois êtres ? Ils sautèrent immédiatement sur leurs jambes. Rien ne surgissait pour les troubler. Reine courut au cabinet, prit une cuvette, la passa à Fréfré en disant :

« Allez vite me chercher de l'eau au robinet. »

Celui-ci se précipita, et quand il revint, recommandant à Alexandra de bien surveiller, il entra dans le cabinet avec Reine, l'aida à faire sa toilette, et fit la sienne sous ses yeux.

Aucun embarras ne pesait sur cette cervelle de fille.

Devant cet homme, auquel elle venait de se livrer, elle remettait son pantalon et se laissait agrafer les jarretières qu'il lui donnait. Il ne pouvait croire à un tel bonheur, mais il admirait de toute son âme cette jeunesse à qui il devait une des plus belles jouissances de sa vie.

— Ah, murmura-t-il dans un élan, qui aurait supposé, ma petite Reine, que vous n'étiez plus vierge !

— Vous n'avez pas à le remarquer ! Vous en avez profité ! Selon comme vous vous conduirez, vous en profiterez encore.

— Vous êtes une sirène à adorer !

— Adorez-moi, et ne craignez pas de m'apprendre des petites cochonneries… si vous en savez. Je suis contente de vous.

Napoléon ne l'eût pas mieux dit à ses soldats. Elle rayonnait en rejoignant Alexandra, qui tremblait sur ses jambes et était toute pâle.

— Tu as eu peur, demanda-t-elle ?

— Qu'as-tu fait Reine ?

— Suppose que tu as rêvé ! La leçon est finie, laissons

Fréfré et retournons à l'étude.

— Vous me quittez ?

— Comme d'habitude ! Nous ne sommes que deux pauvres pensionnaires.

Elles revêtaient leur costume de classe, elles s'éloignèrent laissant le maître d'équitation dans un grand trouble.

À la leçon suivante, il était comme écrasé de sa bonne fortune, quoique encore plus bouillant.

Cette fois Reine voulut sa leçon complète et exigea que son maître la poursuivît à cheval sur la piste. Elle montait très bien, en véritable écuyère. Il est juste de noter que les deux chevaux, dont on se servait, étaient loin d'être des bêtes indociles. Néanmoins il y avait une certaine crânerie au jeu, Reine précipitait l'allure de sa monture, talonnée par celle du maître d'équitation, qui s'occupait d'éviter le moindre danger.

La poussière voltigeait et les entourait. Alexandra recommençait à s'effrayer. Soudain Reine arrêta net son cheval et dit à Fréfré qui arrêtait le sien à côté :

« Descendez, vous me recevrez dans vos bras. »

Fréfré se hâta d'obéir ; la fantasque fille se laissait glisser et tombait dans ses bras.

— Eh bien, reprit-elle, est-ce ainsi qu'on retrouve sa maîtresse ?

— Oh, Reine, Reine !

— Allez-vous parler comme Alexandra !

Il la souleva et colla la bouche sur la sienne. Elle lui rendit sa caresse et s'écria :

— Vite, à l'affaire sérieuse, pendant qu'Alexandra à cheval fera le tour du manège.

— Reine, Reine, tu ne vas pas recommencer.

— Montez donc, miss Alexandra, c'est elle qui commande.

Il la mit en selle et elle s'élança sur la piste, le cœur gros, désapprouvant la sottise de son amie.

Reine quittait son pantalon sur le banc même, le rejetait dans le cabinet, faisait déculotter Fréfré avant de s'installer sur ses genoux, prenait dans la main sa queue, la palpait, et constatait que si elle n'était guère plus grosse que celle de miss Sticker, elle était du moins plus longue. L'ayant bien peloté, elle se mettait bravement sur lui, et de nouveau elle l'entraînait à la baiser, en agrémentant le coït de coups de ventre et de caresses. Fréfré déchargeait avec délices dans le jeune vagin, toujours si bien disposé, pétrissant les fesses sous l'ardeur de ses mains, prenait possession plus ample de la personne, patouillait les seins par dessus le corsage et, pour le satisfaire, sentant qu'il rebandait encore après avoir déchargé, elle se dégrafait, sortait ses nichons, les lui montrait et disait :

— Hein, je suis une femme ?

— À me rendre fou ! Tu me fais jouir une seconde fois, ça m'est arrivé bien rarement.

— Jouis bien, que je le sente bien ! Suce ce petit bout de néné.

Alexandra tournait à cheval, voyait avec des yeux troubles ce qui s'accomplissait, mais s'abstenait de toute parole, ralentissait de plus en plus son allure, pour s'arrêter enfin devant le couple ; apercevant son amie toute débraillée du cou aux jambes, le corsage ouvert, les jupes au-dessus des reins. Ah, ce qu'elle se trémoussait, sa Reine chérie ! Toutes ses fesses rebondies et pleines s'affichaient sous les mouvements de pression qu'imprimait la main de Fréfré, avec les doigts s'agrippant à la fente. Alexandra ne détachait plus les yeux de cette queue qui allait et venait dans le vagin, le fourrageant en maîtresse incontestée, puisque Reine maintenant s'aplatissait dessus pour qu'elle y restât bien enfermée. Elle aperçut tout à coup quelque chose d'insolite à travers une fenêtre, elle cria :

« On vient. »

Fréfré finissait de jouir : il retira prestement sa queue, Reine bondit pour se rajuster le corsage, secouer ses jupes, se mettre debout ; on entrait, et Alexandra caracola au-devant de la personne qui s'avançait, mistress Gertrie qui, toute souriante, dit :

— Bien, bien, on travaille avec application le cheval, mes compliments ! J'ai remarqué beaucoup de poussière tout à l'heure, j'ai supposé un carrousel et je suis accourue me rendre compte. Bonjour Master Frédéric, êtes-vous satisfait de ces petites filles ?

Le maître d'équitation se tenait droit comme un I, et à côté de lui, Reine, les joues empourprées, l'imitait. Elle répondit, la voix légèrement tremblante :

— Ah, mistress Gertrie, nous avons fait avec master Frédéric une course au grand trot autour du manège et j'en suis toute fière.

— Vraiment, ma petite, eh bien mais, je voudrais voir ça. Puisque vous progresser d'une telle manière il doit être facile de recommencer. Descendez, miss Alexandra, donnez votre cheval à miss Reine, et que master Frédéric remonte pour soutenir cette chère enfant.

— Certainement, certainement, dit Fréfré, tendant la main à Alexandra pour sauter à terre.

Reine, qui se trouvait toute prête pour grimper à cheval, dit tout bas à son amie :

— Mon pantalon, dans le cabinet, cache-le.

Elle était déjà en selle, imitée par Fréfré, plus troublé qu'elle.

Au premier tour, une gêne inattendue la surprit, et l'empêcha de lancer l'animal à sa fantaisie : les sauts, quoique contenus, secouaient la matrice et le vagin, et les deux décharges de sperme emmagasinées ruisselaient sur les cuisses, dégoulinaient, occasionnant un certain malaise à la jeune fille.

— Eh bien quoi, observa mistress Gertrie, c'est là ce grand trot ?

Reine se rangea tant bien que mal, appuya une main sur sa jupe pour localiser l'humidité et partit à fond de train, suivie par Fréfré, galopant presqu'à hauteur, ce qui lui permit de dire :

— Je suis toute mouillée, j'ai peur.

Fréfré comprit, s'arrangea pour placer son cheval entre Reine et mistress Gertrie et répondit tout bas :

— Essuyez-vous avec votre chemise, elle ne vous voit pas.

Reine frotta davantage par dessus ses jupes, mais n'en fut pas moins très embarrassée : elle trottinait, se bornant à activer la bête.

Alexandra avait voulu se glisser dans le cabinet pour cacher le pantalon, mistress Gertrie l'arrêta en disant :

— Où allez-vous par là ? Restez donc, assistez à cette chevauchée, vous en retirerez toujours du profit.

Plus angoissée que Reine, elle demeura sur place.

Après quelques tours, Fréfré, qui avait repris le calme, arrêta les chevaux, sauta à bas du sien et dit :

— Vous pouvez juger, Mistress, des progrès accomplis. Je crois qu'il ne faut pas abuser de la fatigue, et qu'il y a lieu de suspendre la course.

— Vous êtes mieux que moi à même de le décider.

Faites descendre notre vaillante amazone.

Reine se pressa contre le maître d'équitation, qui la fit habilement évoluer pour mettre le pied à terre, en la tenant de façon à lui permettre de se frotter encore, pendant que mistress Gertrie félicitait aussi Alexandra.

— Ma chère petite, dit-elle à Reine qui s'approchait en tâchant de dissimuler sa démarche alourdie par ce maudit collage de sperme, vous chevauchez à ravir, et je suis enchantée de vous avoir vue. Je vous laisse terminer votre leçon : avant de rentrer à votre étude, passez chez moi, j'ai à vous causer.

— Bien, Mistress.

Fréfré accompagna mistress Gertrie jusqu'à la porte :

Alexandra et Reine se précipitèrent dans le cabinet où cette fois se trouvait une cuvette pleine d'eau, et Reine se retroussant jusqu'à la ceinture dit à son amie :

« Vite, vite, lave-moi les cuisses, ce cochon de Fréfré m'a inondée et ça colle. »

Alexandra, la cuvette par terre, une serviette à la main, agenouillée devant Reine, se mit à la laver en conscience, depuis les mollets en rabaissant les bas, où cela avait dégouliné, jusqu'au conin, à l'entre-fesses, suivant ses indications. Fréfré, revenant à ce moment, voulut intervenir pour aider à la toilette et peloter ces chairs si blanches et si fraîches, Alexandra le repoussa en disant :

— Ah non, vous l'avez assez salie comme ça ! Je la nettoie, ce n'est pas pour que vous recommenciez ! Ah, ma pauvre chérie, le linge colle encore !

— Il en a mis ce polisson de Fréfré !

Elle lui souriait dans son immodeste posture, il allait se fâcher contre Alexandra, quand elle murmura :

— Alexandra, il a bien le droit de me caresser, laisse-le lui faire sur ce qui reste de sa marchandise.

— Il n'en reste plus que sur ta chemise, elle est toute tachée.

— Il faut la laver, pour qu'elle ne conserve pas de traces.

— Merci bien, pour que je gèle ! J'irai me changer.

— Ne la donnez pas dans le linge sale sans enlever les taches.

— Soyez tranquille, Fréfré.

Alexandra avait fini de sécher les chairs de Reine, elle lui fouetta légèrement le cul qu'elle eût voulu manger de suçons, déposa un gros baiser sur le conin et laissa retomber les jupes.

— Je vais te passer ton pantalon, dit-elle, et nous nous sauverons, l'heure de la leçon est terminée.

— Non, répondit Reine, roule-le moi, je l'emporterai sur le bras et je le mettrai après avoir changé de chemise.

— Et si mistress Gertrie te demande ce que tu as là ?

— Je le cacherai sous mes jupes.

C'était en effet le moment de songer à la retraite ; elles quittèrent le maître d'équitation, qui commençait à s'inquiéter sur les suites de son aventure.

Reine se rendit bravement chez mistress Gertrie.

Elle n'avait peur de rien dans la maison, sinon d'être prise en faute par miss Sticker, et elle conservait une foi imperturbable en sa bonne étoile pour s'en tirer.

Elle trouva Mistress brodant une tapisserie dans la pièce qui lui servait de cabinet de travail : très gracieuse et très aimable, la codirectrice la fit asseoir à son côté et lui dit :

— Ma chère enfant, je suis bien aise de causer quelques instants avec vous, plutôt en amie qu'en maîtresse. J'ai quelques questions à vous poser et j'espère que vous me répondrez avec franchise.

— N'en doutez pas, Mistress.

— J'aborde de suite le sujet. Vous jouissez dans cet établissement de latitudes extraordinaires, qui contrastent avec la sévérité de ma sœur. D'un autre côté, souvent miss Sticker vous envoie chercher pour vous faire travailler, par cela que vous êtes étrangère, que vous lui êtes recommandée d'une façon spéciale, que vous êtes une très bonne élève, peut-être trop coquette et trop intelligente pour certaines choses, et c'est sur ce point que je désire vous interroger.

— Interrogez, Mistress, je n'ai rien à cacher.

— Je le pense bien. Mais voilà, je me tourmente pour ma sœur, et, dans votre intérêt, comprenez-moi bien, je voudrais savoir si dans vos tête-à-tête, rien d'anormal ne vous surprend, ne vous pousse à réfléchir.

— Miss Sticker est très sévère, lorsque je ne remplis pas exactement les devoirs qu'elle m'impose.

— Oui, oui, il ne s'agit pas de cela. N'affiche-t-elle pas des brusqueries, qui ressemblent… à de la tendresse ?

— Oh non, mistress Gertrie, miss Sticker ne rit jamais.

— Oh, mon enfant, vous ne me dites pas bien la vérité ! Il y a une chose qui frappe tout le monde dans la maison : depuis le jour de la rentrée où ma sœur s'est intéressée à votre gentille personne, elle a perdu de cette attitude froide et raide qui était sa caractéristique. Elle se métamorphose de jour en jour au point d'afficher des coquetteries de toilette dont elle se souciait très peu, se souvenant enfin qu'elle est une femme, une femme, vous m'entendez, et que la femme a besoin de soigner ses attraits. Certes, elle ne nourrit pas la prétention de se croire une beauté, mais on sent en elle la volonté de se rajeunir, et son teint se colore, ses yeux s'animent, ce qui me porte à craindre qu'elle oublie parfois son rôle de directrice, dans vos tête-à-tête pour profiter de votre… activité féminine.

Je m'explique comme je peux ma chère.

— Et je crois comprendre, Mistress. Je n'ai jamais eu à relever chez miss Sticker le moindre oubli des distances qui existent entre une femme de sa supériorité de caractère et une écervelée de mon espèce. Miss Sticker sait que mon affectueuse reconnaissance lui est acquise, et elle se conduit à mon égard en maîtresse française. C'est tout.

— Merci, vous me rassurez ! Je redoutais des bêtisettes, comme il s'en produit entre élèves précoces dans votre pays. Vous voyez que je m'exprime librement. Et ces bêtisettes me tracassaient.

— Il n'y a rien, Mistress. La nature de miss Sticker s'y oppose, et elle ne tolérerait pas qu'on pensât à quoi que ce soit de dissipé vis-à-vis d'elle. Du reste, si on devait y penser, vous pouvez saisir vers qui se dirigeraient ces idées… de bêtisettes.

— C'est bien, il ne vous reste plus qu'à vous retirer. Je veux avoir confiance en votre franchise et je ne pousse pas plus loin cet entretien.

Mistress Gertrie s'était levée : Reine fit de même, et sur le point de sortir, elle se retourna pour demander :

— J'ai beaucoup transpiré à ma leçon d'équitation, vouliez-vous me permettre d'aller changer de linge et me marquer l'autorisation pour mistress Nelly.

Mistress Gertrie tira une carte d'un carnet et inscrivit : « Autorisation à miss de Glady de se rendre dans sa chambre pour y changer de linge avant de retourner à l'étude ».

Tendant la carte, elle dit :

— Voilà, ma chère petite, allez et soyez sérieuse.

— Je le serai, Mistress.

Reine, libre de son temps, grâce à cette autorisation, se dirigea vers l'escalier conduisant à sa chambre.

Elle ne se troublait pas à l'idée de l'acte osé qu'elle commettait en nouant des relations avec Fréfré ; elle y pensait même à peine en cet instant. Cherchant des sensations, elle continuait à être plus portée sur son sexe, et si, depuis la rentrée, elle affectait à cet égard une certaine réserve, cela tenait à bien des choses.

D'abord elle s'était mise à aimer, autant qu'elle le pouvait, miss Sticker, en qui elle retrouvait de la femme par les allures et par le costume, et qui la faisait vibrer bien plus qu'elle ne venait d'éprouver avec Fréfré. Ensuite, il se passait en elle un fait curieux : active lesbienne, elle s'abandonnait aux caresses de son amie Alexandra dans le rôle passif, et Alexandra toquée d'elle l'accaparait au détriment des quelques occasions où elle eût agi : il en résultait une indifférence passagère pour ce qui était son goût réel. Enfin, dans les velléités qui lui survenaient, elle avait des hésitations inaccoutumées pour plusieurs motifs, dont le principal consistait dans la cour persévérante de mistress Nelly, sa sous-maîtresse, se desséchant en son honneur. Et de cet amour constant, donnant du relief à sa personne, il était né en elle la fantaisie perverse de provoquer l'acte de flagellation, soit pour la recevoir, soit pour l'appliquer.

Reine aimait maintenant à être fouettée ou à fouetter.

Par le fouet et par les verges, la menace restait bien suspendue sur toutes les têtes, mais cette menace devenait platonique avec la transformation qui s'opérait chez miss Sticker, et cela, au grand ennui de cette française anglicanisée dans le vice par la manie de miss Grégor.

Reine voulait être fouettée et voulait fouetter : elle caressait cette lubie, à mesure que les corrections corporelles s'espaçaient, elle n'osait en parler à ses compagnes, elle n'osait influer sur miss Sticker, et elle étudiait comment parvenir à s'offrir ce genre de lubricité.

De deux côtés, il lui semblait pourtant possible d'aboutir : 1) du côté de mistress Gertrie à qui elle coulait des regards en dessous, à toutes leurs rencontres, regards que celle-ci avait remarqués, mais qu'elle s'obstinait à ne pas encourager, 2) du côté des deux fillettes, Cora Herbert et Helyet Patters, qui suivaient les cours d'équitation une fois par semaine.

Déjà elle lutinait Cora, qu'elle connaissait la mieux, et qui, brunette dégourdie de douze ans, se tenait sur la défensive, par circonspection, à cause de la différence des divisions. En vain l'incitait-elle à des licences, l'enfant ne s'aventurait pas, craignant quelque recul, ou quelque méprise qui lui coûterait une grosse punition. Elle pressentait bien le vice qui s'attaquait à sa petite personne, elle en caressait l'intuition, elle se défiait de la certitude. Reine avait beau l'attirer dans les coins, soit au manège, soit ailleurs, lui chatouiller les mains, les lui presser dans les siennes, les pousser vers ses fesses pour simuler la flagellation, la fillette fouettait mollement par dessus la robe, ne franchissait pas les bornes du strictement permis. Helyet, en revanche, autre brune mais plus lourde, plus épaisse, aurait mieux répondu aux avances, qu'elle essayait parfois elle-même, Reine s'entêtait à vouloir débuter par Cora.

Or, ce jour-là, comme elle se trouvait dans sa chambre, toute déshabillée pour changer son linge de corps, en se lavant encore les cuisses qu'il lui semblait être visqueuses du sperme de Fréfré, Reine, s'accroupissant sur un miroir avant de revêtir sa chemise, se mit à regarder avec curiosité son conin et ses lèvres secrètes, si secouées par la leçon d'équitation ; elle scrutait du doigt son jeune vagin excité, ne songeant plus à rien, le dos tourné à la porte, lorsque celle-ci s'ouvrit doucement ; elle fit volte-face et vit apparaître Cora.

Elle étouffa un cri d'étonnement et se redressa, étalant ainsi sa nudité aux yeux de l'enfant qui, toute rouge, refermait la porte et s'avançait.

— Oh, Miss Reine, dit-elle, que vous êtes jolie !

Reine sourit et répondit :

— Vous allez vous retirer, Cora, si on vous surprenait dans ma chambre, il nous arriverait des désagréments.

— Il n'y a pas de danger. Je vous ai vue monter, et comme miss Sticker venait de partir en voiture pour la ville, je savais que je vous trouverais seule dans votre chambre.

— On vous punira à votre étude, allez-vous en. Puis, que feriez-vous ici ?

— Je vous fouetterais avec tant de plaisir, comme vous

semblez vouloir que je vous le fasse ! Quel beau derrière vous avez !

La petite s'enhardissait et pelotait les fesses de Reine d'une main douce et moite, qui imprimait des frémissements a la chair.

Elle risqua tout à coup une claque, et Reine s'écria :

— Malheureuse, si on entendait !

— Il n'y a personne, je vous jure ! Vous voulez bien que je vous fouette et que je tête vos gentils nichons ?

— Oui, mais tant pis pour vous si on vous gronde à votre étude : puis, tenez, venez par ici que je vous apprenne quelques bonnes petites choses.

— Oh, que je vous aimerai !

— Couche-toi sur mon lit, nous sommes seules, on peut se tutoyer, et montre-moi ton derrière, ton petit cul, que je l'embrasse : je te fouetterai ensuite la première.

— Tu vas le trouver bien laid à côté du tien : je n'ai pas de barbe sous le ventre.

— Nous verrons ça après ! Allons, montre vite, puisque tu es venue dans ma chambre.

Cora s'empressa de s'étendre sur le lit, afin de satisfaire Reine qui, dès qu'elle la vit couchée, lui retroussa les jupes, entrouvrit le pantalon, et en sortit le ravissant petit astre lunaire, pas du tout vilain à contempler, bien rondelet et bien planté, à la chair fine et satinée. Reine, ne résistant pas à sa passion, décocha une languette polissonne dans toute la longueur de la fente : sous le chatouillement de la caresse, Cora se recroquevilla, mais une fouettée rudement appliquée la rallongea sur les jambes, et elle se prêta sans rechigner aux langues et aux suçons, dont Reine gratifiait son cul, en y mêlant quelques fessées plus discrètes. Sous son impulsion, elle se mit sur le dos et ne s'opposa pas à ce qu'elle lui relevât la chemise sur le ventre pour lui caresser son petit conin fermé et non poilu, à ce qu'elle prît connaissance de son bouton, ne murmurant une légère protestation que lorsqu'elle approcha le visage pour la régaler de douces minettes ; elle gigota deux à trois secondes, puis se laissa faire et dit :

— Miss Reine, Miss Reine, à moi de te fouetter maintenant.

— Oui, oui, tu es encore plus gentille que je ne le supposais : tu me promets de toujours faire ce que je te demanderai ?

— De tout mon cœur.

— À la récréation, tu tâcheras de t'échapper avec Helyet ; vous viendrez toutes les deux à la salle des conférences, sans qu'on vous voie, et là nous serons nos maîtresses pour bien nous amuser à de grosses cochonneries. Tiens, voilà encore une caresse, sur ton petit con, oui, ça s'appelle un con, et tu peux me fouetter. Tu es bien sûre qu'il n'y a personne ?

— Tu sais bien que lorsque miss Sticker descend en ville, on ne vient pas ici. On le défend à tout le monde, de peur qu'on aille déranger des affaires dans son cabinet.

— C'est vrai.

Cora s'était levée ; elle passait et repassait la main sur les fesses de Reine, et aussi sur son minet et ses cuisses.

« Fouette-moi donc, lui commanda-t-elle en s'allongeant à

son tour sur son lit et présentant son cul à la fillette. »

Le spectacle de ces chairs rebondies et blanches fascinait Cora, qui hésitait : rappelée à l'ordre, elle frappa d'abord timidement, ensuite plus vigoureusement : les frissons qui ondulaient la fente, les mouvements plus ou moins accentués des fesses sous les claques, agitèrent ses sens, et inconsciemment elle porta la main sous ses jupes courtes vers son conin : Reine, qui apercevait son excitation, se trémoussait avec bonheur, cherchant des poses lascives, encourageant la fouetteuse à mesure que son cul rougissait sous les coups, se tenant elle-même un doigt sur son clitoris.

— Plus fort, plus fort.

— Reine, je voudrais te lécher, te manger ton beau cul.

Reine se souleva, s'assit sur le lit, attira l'enfant sur ses genoux, la baisa sur les yeux et les cheveux, lui dit :

— Non, pas pour le moment, ça nous mènerait trop loin : à la récréation tout ce que tu voudras.

— Laisse-moi venir seule pour la première fois.

— J'y consens, mais va-t'en.

Elle ne refusa pas le baiser que Cora demandait à faire à chacun de ses nénés, et elle la mit à la porte, en regardant toutefois si rien de dangereux ne les menaçait.

Et quand elle se retrouva seule, qu'elle s'occupa sérieusement de se revêtir, elle éprouvait autant de félicité au souvenir de cette perversité qu'elle semait chez Cora, qu'à celui de son enconnage par Fréfré. Le sperme qui à cheval avait coulé sur ses cuisses la refroidissait pour l'homme.

De retour à son étude, où elle remit à sa sous-maîtresse l'autorisation de Mistress Gertrie, elle jeta un regard de satisfaction tout autour d'elle, comme si elle se ressaisissait, et pour la première fois affecta de bonnes dispositions à l'égard de sa surveillante. Elle calculait qu'ainsi elle endormirait ses méfiances pour le moment où elle rejoindrait Cora à la salle de conférences : elle put en effet s'y rendre en toute quiétude, et y trouva la fillette qui déjà l'attendait.

— As-tu été grondée, demanda Reine ?

— Oui, et de plus on m'a fouettée devant toutes les élèves pour être restée trop longtemps hors de l'étude.

— Tu n'as rien avoué au moins ?

— On me tuerait plutôt.

— T'a-t-on vue venir par ici ?

— Personne ne s'occupait de moi. Vois, j'ai quitté mon pantalon.

La vicieuse petite, retroussant ses jupes courtes, montra ses fesses nues à Reine, qui se laissa aller sur les genoux, les baisa, puis passant de l'autre côté, fit de même au nombril, au conin, aux cuisses.

« À moi, Reine, de te lécher, de te fouetter encore. »

Au mot de fouetter, Reine se redressa sur le champ, ramassa ses jupes sur les bras, et n'ayant pas plus de pantalon que l'enfant, elle lui présenta son cul en plein épanouissement. Les mains de Cora s'y abattirent avec violence, la faisant chanceler sur les jambes : les coups se répétèrent, la picotant si délicieusement, qu'elle ne tarda pas à jouir et murmura :

— Vite ta petite langue dans le trou, le trou de mon cul.

— Oh oui, oh oui, Reine.

Cora, se traînant sur les genoux derrière Reine, colla les lèvres sur la fente et envoya la langue au plus profond.

— Fouette-moi encore, lui commanda Reine.

Les claques recommencèrent à pleuvoir ; puis la Française, attrapant la fillette par le bras, l'obligea à se relever, l'amena sur un divan où, s'étant assise, elle la plaça à cheval sur ses cuisses, approcha son conin du sien et reprit :

— Cora, si j'étais un homme, j'aurais là une machinette, que je t'enfoncerais comme un clou, et ainsi je te dépucellerais.

— Que ce serait drôle, Reine, et quel malheur que tu n'en aies pas ! Et toi, on t'a dépucelée ?

— Ça ne se demande pas. Donne-moi ta petite bouche, que je t'apprenne le baiser d'amour.

Les lèvres se rejoignirent et Cora rendit à merveille la caresse, se dandinant les cuisses sur celles de Reine, qui lui pelotait les fesses et égarait le petit doigt vers son anus.

— Dis, balbutia Cora de plus en plus aux anges, je voudrais bien te lécher la barbe que tu as sur le ventre !

— Vas-y vite.

La fillette glissa entre ses jambes, et commença par sucer le conin, le clitoris, indiquant de la sorte qu'elle retenait fort bien les leçons de volupté.

Reine, chose bizarre, goûtait un réel plaisir de luxure avec elle, s'abandonnait avec une molle langueur : il lui semblait avoir affaire à une vraie femme, et elle la favorisait de son mieux dans la gourmandise de ses chairs. En somme, existait-il une bien grande différence entre une fillette et une maîtresse ? Proportionnellement non, concluait-elle. Il était évident que le gros cul de Rosine, qu'elle lécha une fois dans le passé, ou bien ceux de miss Grégor et de madame Clary, offraient un volume plus étendu que les fesses de Cora. À son point de vue, ils ne se doublaient pas, et quant à l'absence de poils, cela la sortait de l'ordinaire. Puis, pour les baisers et les suçons, la petite possédait un fort habile coup de langue.

Cora prenait tout à fait connaissance de ses sexualités ; elle ne la dérangeait pas, ne s'inquiétait pas du doigt fureteur qu'elle introduisait dans son vagin : elle se préparait, dans la surexcitation qu'elle lui procurait, à la rappeler au-dessus d'elle pour encore la gamahucher. Elle éprouvait une âcre félicité à ce jeu de cochonneries avec une enfant, elle initiait et elle re-montait le cours des années pour bien se mettre à son niveau. Cependant la fillette avait dardé la langue sur son conin et s'exclamait :

« Fi de la vilaine polissonne, je le vois, tu n'es plus pucelle, tu vas recevoir une fouettée pour te punir, donne ton cul. »

Elle aussi ne reculait pas devant le mot : Reine obéissant se tourna, s'agenouilla sur le divan, repoussa ses jupes sur le dos, et les fesses bien en évidence, elle reçut une nouvelle série de claques, où Cora très échauffée les allongeait à mains plates et dures sans se soucier du danger d'être entendue.

Reine singeant la fautive s'amusait à geindre :

« Je ne le ferai plus, je ne le ferai plus, Cora, bats-moi quand
même et viens que je te mange de caresses. »

Elle se laissa appliquer quelques fortes claques, puis attrapa
la fillette à bras-le-corps, la jeta sur le divan devant elle et
fourrant la tête sous ses jupes, la dévora d'ardentes minettes.
La luxure lui montait au cerveau, tout lui était bon, elle aurait
voulu tenir constamment son visage figé sur les organes génitaux, filles et femmes, une jouissance infinie se répandait dans
tout son corps, elle aimait, elle aimerait toujours de faire jouir.
Ne cessant de se regarder, de se peloter, de se sucer, Reine
et Cora ne pensaient plus au temps qui fuyait ; la récréation
touchait à sa fin, il fallait se séparer, Reine renvoyant Cora lui
recommanda de ne pas oublier d'amener Helyet pour qu'on
fasse encore plus de cochonneries.

— Tu me caresseras encore, s'informa la fillette ?

— Encore et souvent.

Quand Reine rejoignit ses compagnes, la sous-maîtresse
s'avança et lui dit :

— Voulez-vous bien m'apprendre d'où vous arrivez, Miss
Reine ?

— De me promener par le parc.

— M'en avez-vous demandé l'autorisation ?

— Miss Sticker me l'a donnée.

— Vous me la montrerez.

— J'ai son autorisation verbale, elle vous l'affirmera.

— C'est bon, nous éclaircirons cette affaire.

Mistress Nelly était nerveuse et affichait de l'irritation à son égard, contre son habitude. Reine jugea de reconquérir ses bonnes grâces, et à peine assise à sa place, à l'étude, elle lui adressa quelques œillades veloutées. La sous-maîtresse tournait et retournait sur sa chaise, traçait quelques mots sur une feuille de papier, la regardait, pâlissait ; enfin elle se leva, et apportant ce qu'elle avait écrit, elle le lui remit en disant :

— Miss Reine, posez-moi la solution de ce problème en dessous ; vous me la rendrez dans un instant, quand je reviendrai de chez mistress Gertrie.

— Bien, Mistress Nelly, répondit Reine, voyant qu'il ne s'agissait pas d'un problème, mais d'une lettre.

Dès qu'elle fut sortie, elle lut :

« Oui ou non, ma chère et bien aimée petite, me comprenez-vous ? Je vous sais très intelligente, et il m'étonne que vous ne saisissiez pas tout ce que j'éprouve ! Dois-je renoncer à la folie rêvée. Interrogez votre cœur et ensuite répondez-moi si vous lisez bien entre mes lignes. Pour moi, où et quand cela vous plaira ».

Les yeux de Reine brillèrent de joie : Alexandra lui faisait le pied pour l'engager à profiter de l'absence de la sous-maîtresse afin de se laisser faire minettes par elle. Les bonnes habitudes ne se perdaient pas. May cédait une fois de plus à l'invite d'Eva qui lui attirait la main dans son pantalon pour la branler.

— Non, répondit Reine à Alexandra, pas aujourd'hui, tu comprends que j'ai été secouée. Il faut que j'écrive la solution du problème de mistress Nelly.

— Un problème ! Avec ça que je ne devine pas ce qu'il en

est !

— Ne te fâche pas et va le faire à Eva, si tu as envie ; cela vaudra mieux pour elle que d'être tripotée par May.

Celle-ci avait la main entre les cuisses d'Eva, qui la fixait avec des yeux si ardents, qu'elle ne la branlait pas comme d'habitude.

— Ne t'occupe pas de nous, Reine, dit Eva, je finirai bien par décider May.

— Jamais, s'écria May, retirant sa main.

Les yeux d'Eva ne la quittaient pas ; en vain elle voulait retourner à ses devoirs, elle voyait la brune qui dénouait son pantalon, le retirait tranquillement de ses pieds, et qui, toute retroussée, le ventre nu, avec le minet se fonçant, un doigt sur son clitoris, murmurait :

— Tu luttes, May, un bon mouvement, vas-y, ne me branle pas, suce-moi.

— Jamais.

La voix tremblait, Eva reprenait la main de sa compagne, la replaçait sur ses cuisses, la poussait légèrement et reprenait :

— Ne perds pas de temps, dis, tu le veux ?

— Non.

Reine souriait à la scène, n'intervenait pas, écrivait au bas de la lettre de la sous-maîtresse : « Oui, dans l'étude, et devant toutes les élèves, si vous m'aimez réellement. Pour cela, prenez le prétexte que j'ai commis une faute, fouettez-moi, le reste suivra. »

« Reine, dit May pour résister à la tentation qu'elle subissait, tu ne me lèches plus le derrière ! »

Mais Eva lui tenait les deux mains, la forçait à regarder devant ses yeux les jolies cuisses blanches et alléchantes qu'elle lui tendait, en bien les écartant : il lui semblait que le minet grimpait, grimpait ; elle voyait le conin qui souriait entre ses fines lèvres.

« Non, non, pleurnicha-t-elle. »

Non ! Elle ne le pouvait plus dire ; sous une impulsion d'Eva, elle avait glissé de sa chaise, elle tombait à genoux et, cela venait-il de son fait, ou de ce séducteur de conin, elle le sentait sur sa bouche, elle y envoyait la langue, elle faisait pour la première fois des minettes, elle suçait Eva, dont l'émotion amena la prompte jouissance.

« Ah, dit May les joues plaquées entre les cuisses de son amie, je t'aime Eva, je t'aime. »

Elle n'aurait plus voulu quitter ces chers parages, il fallait pourtant avoir de la raison, Reine la fit se redresser, elle se réinstalla devant son travail, toute confuse et toute émue, Eva repassait son pantalon, comme si elle venait d'exécuter la chose la plus naturelle du monde.
— N'est-ce pas que c'est bon, murmura Reine à May.
— Je n'oserai jamais plus regarder personne.
— Tu me regarderas quand je voudrai, dit sèchement Eva.
Mistress Nelly rentrait : elle vint prendre la lettre que lui tendait Reine, et s'en fut la lire à sa place. Sitôt qu'elle l'eût parcourue des yeux, elle la déchira avec humeur, et lança des

regards courroucés sur l'audacieuse fille. Puis elle réfléchit, se dirigea vers elle, et lui dit :

« Miss, on ne vous a pas vue tantôt dans le parc : vous m'avez donc abusée. Je pourrais en référer à miss Sticker ; je préfère pour cette fois vous appliquer une bénigne punition. À l'âge que vous atteignez, les corrections corporelles dépendent plutôt de la directrice ou de sa sœur. Je vais vous fouetter devant vos compagnes : elles sauront ainsi qu'on ne s'amuse pas de moi. Venez par ici. »

Reine se leva et accompagna la sous-maîtresse devant sa table-bureau. Tous les yeux de l'étude restaient fixés sur elle. Mistress Nelly ne s'en préoccupait pas : elle lui releva elle-même les jupes, et demeura toute saisie en apercevant les jambes sans pantalon.

— Que signifie, Miss ?

— Il vous sera plus facile de me fouetter, répondit Reine avec un regard de luxure comme elle savait les faire.

— Miss, Miss !

— Allez-y, je tiens moi-même mes vêtements, je ne crains pas d'être vue.

Elle eut l'aplomb de pirouetter et de montrer ses fesses à toutes ses compagnes.

Cela dépassait la scène avec miss Grégor, mais mistress Nelly s'affolait devant ces chairs qu'elle ne croyait pas aussi formées, aussi belles : elle s'assit, attira entre ses jambes Reine et la fouetta rapidement de plusieurs claques retentissantes.

Le cul rougissait et se mouvementait : les yeux de Reine plongeaient sur ceux de Nelly, comme naguère ceux d'Eva sur May.

À une fessée plus forte, elle feignit de se plaindre :

— Ah, vous me faites mal ! Demandez-moi pardon, Mistress Nelly, où j'en parlerai à miss Sticker. Elle ne veut pas qu'on fouette avec la main des filles de notre âge.

Elle tenait la sous-maîtresse.

— Miss Reine, Miss Reine, murmura celle-ci, pourquoi m'avez-vous trompée ?

Soudain elle tressaillit dans tout son être : Reine se laissait aller sur ses genoux, lui prenait la main, la posait sur son conin, et l'embrassait sur la bouche, en disant :

— Oh, il n'est pas nécessaire de se gêner entre nous ; tu m'aimes, Nelly, tu veux me le faire, fais-le moi. Je l'ai fait à toutes ces demoiselles, du temps de miss Grégor, à toutes, à l'exception de miss Loti et Aline, qui n'étaient pas encore des nôtres.

— Reine, tais-toi, pas ici.

Mais elle serrait dans ses bras cette jolie fille, elle lui léchait la bouche, et elle demeurait toute saisie en constatant qu'elle était dépucelée.

— Oh !

— Chut, ceci est entre nous.

Elle ne résista plus, elle glissa sur les genoux entre ses cuisses, et elle commença ses minettes sur ce con qu'elle désirait depuis si longtemps.

Le dépucelage, loin de dompter sa passion, l'exacerbait au contraire.

Souveraine réelle de ses compagnes, Reine fit un signe et dit :

— Pas de bêtises, pas de négligences, il faut qu'on soit tranquille.

— Ne te tourmente pas, répondit Aline, une des deux nouvelles, on fera attention.

Dans ce milieu anglais, la française jetait ainsi la perturbation et la folie érotiques : mais, qui se révolte contre les désirs de la chair, sinon les hypocrites, magistrats et prêtres, gens châtrés au moral et vermines d'humanité ?

Cependant si Reine, marchant de triomphe en triomphe, ne discutait plus ses entraînements, se trouvait prête à se vautrer dans tous les débordements de la luxure, sûre de l'impunité, grâce à la protection déclarée de Jean Sticker, il existait encore des levains hostiles pouvant la rejeter dans le néant ordinaire des élèves, ou l'exposer à une honteuse expulsion. Elle allait, allait, satisfaisant ses goûts lesbiens et ses curiosités lascives, sans s'inquiéter si autour d'elle, d'autres influences n'interviendraient pas pour lui disputer cet empire de la chair qu'elle usurpait.

Miss Sticker, c'était un fait avéré pour les esprits clairvoyants, subissait toutes ses volontés. Cette femme, si autoritaire et si grincheuse, ne dissimulait pas l'ardeur de ses regards, quand elle les portait sur Reine, et approuvait toutes les licences auxquelles peu à peu elle se livrait. La Française ne représentait plus une pensionnaire comme les autres, mais bien une personne, presque libre, suivant les classes et les études parce qu'il le fallait, usant de ses récréations comme elle l'entendait pour se promener dans le parc, même aux endroits interdits, disposant de longs moments de loisir par les appels fréquents chez la directrice. Sa raison s'égarait-elle devant un tel pouvoir, elle commençait à ne plus respecter certaines limites, et elle osa un jour accuser mistress Clary de lui avoir fait de vilaines propositions.

Cette accusation fit bondir miss Sticker. Mistress Clary, mandée, fut mise en présence de Reine qui la répéta : elle en resta toute déconcertée.

— Oui ou non, s'écria miss Sticker, vous, une parente, professeur dans cette institution, avez-vous proposé à miss Reine de vous accompagner dans un water-closet ?

— Elle m'accuse !

Reine intervint pour insister :

— Prétendriez-vous nier, madame Clary, et faut-il que je donne des détails sur ce que vous m'avez montré de votre corps ?

Madame Clary se prit à trembler : elle avait une lentille au haut de la cuisse droite ; elle ne répondit rien.

— Eh bien, reprit miss Sticker, la voix dure, vous défendez-vous ?

— J'ai eu une minute d'aberration, répliqua dans un sanglot madame Clary.

— Ah, vraiment, hurla miss Sticker, pourpre de fureur !
Miss Reine, il vous appartient de préciser la punition que vous
voulez voir infliger à cette femme.

— Le chevalet, dit-elle.

— Le chevalet à moi, voulut protester madame Clary, à
moi, une maîtresse de classe !

— Vous l'avez oublié, vous le subirez.

— Devant les maîtresses, les sous-maîtresses et devant
moi, ajouta Reine.

— Devant toute les élèves, si vous l'exigez, mon enfant.

— Non, cela suffit ainsi.

Lorsque mistress Gertrie apprit cette scène, dans l'après-
midi même, elle accourut chez sa sœur, et s'y rencontra avec
Reine. Toute de suite elle attaqua.

— Vous octroyez, ma sœur, bien de l'autorité à une de nos
élèves. Je désire vous parler seule à seule.

— À quel sujet ?

— De madame Clary.

— Dans ce cas, vous pouvez causer devant miss Reine.

— Oh, Jeanny !

— Miss Reine a subi de madame Clary un affront tel,
qu'elle a le droit de connaître ce que vous entendez en dire.

— Quel est cet affront ?

— Si vous l'ignorez, pourquoi cette irritation ?

— Je ne suis pas irritée. La correction que vous avez édic-
tée contre une maîtresse de classe va diminuer notre autorité
à toutes et à vous aussi.

— Madame Clary n'a pas besoin de faire savoir aux élèves

ce qui lui arrive.

— Cela a déjà transpiré.

— Vraiment ! Elle serait alors plus coupable que je ne le supposais : il y aurait parmi nos élèves un fruit pourri qu'il s'agirait d'extirper.

— Un fruit pourri, Jeanny, s'il y en a un, il est si peu caché que tout le monde vous le désignera.

Miss Sticker pâlit et hésita. Reine prit la parole :

— Mistress Gertrie, est-ce moi que vous voulez désigner ! Si je suis un fruit pourri, pourquoi madame Clary m'a-t-elle fait des propositions honteuses, ce qu'elle a du reste avoué à miss Sticker.

— Elle a avoué ?

— À deux genoux. Vous étiez mal informée, Gertrie. Avant d'accuser à tort, il est sage de s'entourer des garanties nécessaires. Ici, la maîtresse a pu être convaincue de sa faute : que serait-il advenu autrement ?

— Miss Sticker, murmura Reine, permettez-moi de me retirer ; mistress Gertrie sera plus à l'aise pour entendre le reste.

— Allez, mon enfant, je vous rappellerai plus tard.

L'étonnement de mistress Gertrie croissait de jour en jour devant le changement prodigieux qui s'opérait chez sa sœur, devant le caractère féminin se développant chez Reine. Elle la laissa partir, et se rapprochant de la directrice, elle lui saisit les deux mains, et avec angoisse, s'écria :

— Jean, Jean, j'ai peur de cet enfant ; elle est le diable dans notre maison. Le terrain est miné sous nos pas. Vous savez le sacrifice que j'ai déjà consenti pour vous éviter toute tentation de chute : je crains que cela ne serve à rien, et j'aurai commis l'affreux crime d'adultère pour ne pas vous sauver. Ah, quel abîme se creuse depuis le jour de la fatale découverte !

— Parle bas, Gertrie, je reconnais combien tu es bonne, je sais ce que je te dois, et je te l'ai promis autant que je le pourrai, je ne te cacherai pas les appétits de ma chair. Ah, tu es belle, bien plus belle que tu ne l'étais dans le passé et, quand l'autre nuit tu m'apparus dans ton divin déshabillé, pour t'offrir à ma concupiscence, afin de m'empêcher de succomber, je ne résistai pas en voyant ta poitrine, tes seins si fermes, tes hanches, tes cuisses grasses, ton sanctuaire... ouvert.

— Jean, Jean !

— Et ton minet, un beau velours noir ! Tout mon sang s'échauffa ; peu m'importe ce qui se passe dans notre maison : je sais que je suis maintenant un homme, contraint à cacher son sexe, et dont les sens longtemps assoupis s'éveillent pour demander sans cesse leur aliment. Tu es venue. Tant pis, je n'attendrai pas ce soir, il faut que je me repaisse de ta chair.

— Jean, calme-toi.

— Si tu ne me cèdes, je rappelle cette enfant, cette Française, dont la grâce, la gentillesse m'impressionnent, dont les regards me subjuguent le cœur, dont la voix si enjôleuse me tord les nerfs.

— Arrête, n'y pense pas, Jean, je cède, encore une fois, mon Dieu, mon Dieu, où tout cela nous mènera-t-il. Ah, si Sir Warlay, mon mari, le sait jamais, quelle vie infernale sera la mienne, à moins qu'il ne me tue, qu'il ne nous tue.

La robe de mistress Gertrie roulait à terre ; dessous, il n'y avait qu'un jupon et la chemise ; elle dut l'ôter et se mettre toute nue.

« Oh, Jean, peux-tu t'exciter pour des choses si ordinaires ! »

Jean agenouillé la pelotait avec nervosité, avec ferveur. Son corps de femme, à la croissance accomplie, ses chairs bien pleines, bien blanches, bien satinées, ses formes arrondies et fournies, tout captivait l'attention, préparait à l'effervescence du désir. Plus forte que Reine, elle revêtait une beauté plus ample qui avait bien son charme, mais ne pouvait cependant effacer le souvenir des savantes luxures de la Française.

L'afflux du sang se produisait rapidement, devant de telles magnificences : Jean palpait, et déjà sa queue s'aiguillonnait pour attaquer le con.

« Ah, dit Gertrie s'écroulant sur le dos pour s'abandonner, tu es bien un homme, Jean, tu grossis d'une fois à l'autre. »

Les cuisses s'épanouissaient, encadrant de leurs belles chairs le con qui se tendait, s'entrouvrait pour appeler, pour recevoir la queue dans le vagin : Jean enfilait sa sœur et lui pressait les fesses avec des mains enragées et brûlantes : il manœuvrait, il allait et venait, sautait sur le ventre rondelet qui répondait à son assaut, il enfonçait les lèvres secrètes, il accomplissait sa mission masculine, la décharge survint inondant la matrice ; Gertrie le serrait dans ses bras ; une molle langueur témoignait seule la part qu'elle prenait à l'action, et dès qu'il eut achevé de jouir, elle lui donna une claque amicale sur la joue, en disant :

« Est-il possible d'attacher tant d'importance à ça ! Là, maintenant tu seras sage. Apporte-moi vite de l'eau que je me nettoie et que je me sauve. »

Jean se relevait légèrement déconfit ! Gertrie avait bien raison ! Se mettre dans des surexcitations épouvantables pour juter quelques gouttes de sperme entre les cuisses d'une femme, quelle conception baroque de la nature ! La pensée de Reine se dessinait dans son esprit, un sourire errait sur ses lèvres ; avec elle la sensation ne se contentait pas du simple coït, elle se prolongeait avant et après ; ah, la Française, ah, ce cher amour de petite, elle aimait tellement la luxure qu'on n'en finissait jamais !

Gertrie se lavait ; se rajustait ; elle embrassa encore Jean et dit en s'avançant de la porte :
— Exécutera-t-on madame Clary ?
— La peine est prononcée.
— Renvoie-là à demain.
— Si miss Reine y consent, oui.
— Miss Reine, murmura-t-elle avec un ton de reproche, encore miss Reine !
— Elle a été outragée, elle a demandé la punition, je l'ai accordée, il lui appartient de consentir au sursis.
— Je l'en solliciterai moi-même.
Miss Sticker hésita une seconde, puis répondit :
— Soit, tu me l'enverras après.
Mistress Gertrie, le cœur tout aussi gonflé qu'à son entrée chez sa sœur, sortit, réfléchissant aux choses extraordinaires

qu'elle craignait de voir se dérouler dans la maison. N'en était-ce pas déjà une qu'elle se résignât à l'adultère incestueux pour éviter qu'une étrangère ne connût le secret de miss Sticker ? N'était-ce pas une monstruosité qu'elle acceptât de discuter avec une élève ! N'était-il pas insupportable de sentir tout autour de soi comme un vent de luxure qui lui chatouillait les sens pour l'attirer dans un gouffre d'horreurs.

La terre se minait sous les pas des Sticker ! Retournant à son appartement, elle se rappelait combien, devant l'effroi qui l'envahissait en constatant l'influence exercée par la maudite Française, elle se décida promptement à renouer avec sa sœur les polissonneries du passé. Elle espérait bien par ce sacrifice l'empêcher de faillir dans les tentations charnelles qu'inspirait cette mauvaise petite peau de Reine ! Oh, de cette gredine qui ne craignait pas de s'attaquer à elle-même ! Oui, oui, Reine ne dissimulait pas sa pourriture et osait lui laisser comprendre que si elle le voulait, elle l'initierait aux infâmes pratiques de l'insexualité. Ah, que devait-il en être avec miss Sticker qui la protégeait et l'accaparait à tous propos ! Le danger apparaissait imminent, si toutefois il n'était pas trop tard pour le conjurer ! Et pourquoi trop tard ?

En somme, si miss Sticker jouissait du sexe masculin, elle ne possédait qu'une infime relativité de son sexe : elle se contentait de quelques rapports lointains, et presque anodins ; la pollution externe lui convenait mieux que la décharge dans les fesses, comme elle la lui accordait jadis. Elle pensait ainsi lorsqu'elle se décida à agir pour contrebalancer les désirs que suscitait la Française, se disant qu'elle n'avait pas dû beaucoup changer, et que quelques coups de cul ou de ventre, en admettant qu'elle fût amenée à commettre le péché d'adultère, renverseraient vite l'empire pris par Reine !

Admettant à la rigueur l'adultère, elle discutait avec sa conscience, établissant que, pour qu'il y eût adultère, il fallait que l'organe de la génération fût en complet équilibre ! Et, elle n'en doutait pas, jamais sa sœur ne serait en état de procréer, virilement parlant. Cette idée la rasséréna et la poussa à la lutte. À l'impureté, seule chose qui attirait vers l'élève débauchée, il importait d'opposer le contact sexuel. Elle avait reçu les pollutions de Jean Sticker, elle les recevrait de nouveau. Voilà le travail qui s'opéra dans son cœur et l'engagea à intervenir du poids de ses charmes pour jeter bas les obscènes invitations de Reine. Il lui semblait impossible de ne pas triompher, et une nuit, où elle avait dans la journée quelque peu coqueté avec miss Sticker, elle la rejoignit dans sa chambre, alors que tout dormait. Elle se souvenait bien des moindres détails de cette visite insolite, et combien elle tremblait dès qu'elle eut fait quelques pas dans la direction du lit ; Jean dormait paisiblement, ne l'ayant pas entendue entrer. Elle faillit reculer, s'enfuir. S'il allait ne pas accepter le don de son corps, qu'elle s'apprêtait à lui servir en holocauste d'amour ! Quelle sotte hypothèse la tourmentait là ! Elle avait parfois surpris dans ses yeux des réveils de désir. Elle tremblait toujours en s'approchant davantage du lit, mais elle était résolue, elle n'hésitait plus. Son peignoir, sa chemise, tombèrent sur le sol, et toute nue, elle se glissa dans les draps, près de lui. La chaleur de son corps réveilla de suite Jean qui, la reconnaissant à la lueur de la lampe de nuit, s'écria : « Toi, Gertrie, oh que tu es gentille ! » Il ne la repoussait pas, il la voulait, il la pelotait avec ardeur, lui patouillait les nénés et les fesses, lui mangeait le cou de baisers. Elle murmura : « Oh, Jean, je me sacrifie, de peur que tu ne te laisses entraîner à quelque folie irréparable ! Je te porte mon corps, prends ton plaisir, malgré l'adultère que j'y commettrai, mais je ne puis t'abandonner au péril des tentations qui t'assaillent ». À la façon dont Jean se conduisait dans l'attaque de ses chairs, elle saisissait bien que l'ère des simples pollutions et même de l'enculage n'existait plus que dans le passé. Sa queue s'était formée, elle s'élançait vers ses cuisses, picotait le con, en cherchait l'orifice et s'y enfournait sans qu'il fût nécessaire de la placer au bon endroit. Oui, il la possédait comme elle ne l'aurait jamais cru possible ! Et elle éprouvait de la volupté à cet adultère incestueux ; elle ouvrait ses cuisses pour mieux le sentir en elle, et elle répondait de ses secousses aux soubresauts voluptueux qui l'agitaient. Tout cela lui trottait par l'esprit, tandis qu'elle regagnait son appartement. Et elle revivait encore ce qui s'ensuivit. S'étant donnée, elle se croyait bien maîtresse de la situation, s'endormait dans une fausse quiétude, guettant les réveils sensuels de son frère. Elle remarquait qu'ils se produisaient plus souvent que jadis ; que chaque fois l'ardeur s'accusait plus violente ; et, chose qui l'attristait, malgré ses complaisances, elle ne parvenait pas à diminuer ses tête-à-tête avec la Française, à lutter contre son influence secrète. Cependant Jean la baisait autant qu'il le désirait. Ne s'abusait-elle pas sur la nature des relations qu'elle le soupçonnait d'entretenir avec cette élève ! Miss Sticker faisait-elle réellement travailler Reine. Non, non, elle ne s'illusionnait pas ; il est des pressentiments qui ne trompent pas une femme.

Pourquoi ces attitudes de plus en plus vicieuses chez cette perverse créature, si elle ne se sentait pas soutenue envers et contre tout ? Pourquoi cette audace effrontée de provoquer à des débauches inconnues la sœur même de la directrice, et cela avec un cynisme incorrigible ? Pourquoi ces mines moqueuses, ces allures cascadeuses, pourquoi cette inqualifiable bienveillance qui planait sur cette Reine de malheur, et pourquoi s'interposer entre son odieuse personne et des châtiments cent fois mérités ! Il devenait indispensable d'en avoir le cœur net. On ne pouvait attacher au chevalet une maîtresse de classe sur la réquisition d'une élève ; elle avait marché droit au but pour sauver Jean Sticker ; elle allait démasquer cette vicieuse et la mettre hors d'état de nuire.

Après sa classe, Reine fut appelée chez mistress Gertrie : elle y entra l'air calme et l'attitude convenable.

— Miss, dit la codirectrice, je ne connais qu'en partie ce qui s'est passé entre madame Clary et vous ; voulez-vous me faire votre rapport, afin que je sois bien édifiée.

— Comment miss Sticker, avec qui je vous ai laissée, et qui sait tout, ne vous a pas mise au courant !

Vous devez comprendre combien il m'est pénible de revenir sur les choses.

— Oh, pénible, Miss Reine, ce sont là des sujets que, si j'en juge les apparences, vous appréciez assez pour ne pas craindre d'en parler.

— Qui vous autorise à le penser, répondit Reine en la fixant dans les yeux de telle façon qu'elle l'obligea à les baisser ?

— Mon enfant, tout en vous surprend et déroute ; vous refusez de me confesser la faute de madame Clary ?

— Je ne refuse pas, je tiens à être renseignée sur les causes du silence observé par miss Sticker.

— Je crois que vous émettez la prétention de juger ma sœur et moi.

— Oh, que vous me comprenez mal ! Écoutez, Mistress Gertrie, votre sœur justement m'attend, et je suis néanmoins venue chez vous avant de me rendre chez elle. Est-ce que je ne témoigne pas ainsi ma bonne volonté de dissiper vos préventions à mon égard.

— Ma sœur vous attend !

Quoi, à peine après avoir joué dans son con, et après lui avoir permis de convoquer Reine, Jean Sticker, ne pouvant s'en passer, la faisait appeler sitôt sa sortie de classe. Cette enfant usait vraiment d'une attirance surprenante. Elle la regarda et, pour la première fois, l'analysa dans son visage joli et mutin, dans ses yeux trahissant le vice et la volonté, dans son front que caressaient les fameuses mèches de cheveux rebelles ; l'étudia dans son corps aux lignes aussi dessinées que celui d'une femme, dans sa tenue affichant la volupté et la luxure. Elle le reconnaissait, ce n'était plus une enfant, ni même une jeune fille, mais bien… une femme. Elle ferma les yeux, subjuguée sous la force érotique qu'exhalait toute la personne.

— Votre sœur m'attend, reprit Reine, elle peut m'attendre. Voici l'acte de madame Clary. Elle m'a arrêtée sur la porte d'un water-closet et m'a demandé de m'y réfugier en sa compagnie. Devant mon étonnement, elle a relevé ses jupes, et comme elle n'avait pas de pantalon, j'ai aperçu sa nudité depuis la ceinture jusqu'aux genoux. Elle a posé une main entre ses cuisses, sur lesquelles, à droite, se trouve une lentille, et m'a dit que si je la léchais…

— Assez, Miss Reine.

— Dans votre esprit. Mistress Gertrie, je suis l'accusée et non l'accusatrice. Pour vous prouver combien je suis peu méchante et combien je serais heureuse de vous être agréable, je n'ai pas hésité à vous raconter cette odieuse scène.

— Vous êtes bien dangereuse !

— En quoi, s'il vous plaît ?

— Parce que je vois plus loin que ma sœur ! Vous profitez d'une faiblesse récente ou ancienne de madame Clary, pour l'accabler sous un récit plus ou moins véridique.

— Je reste donc l'accusée, et je ne m'explique pas alors pourquoi vous m'avez retenue.

— Miss Sticker consentirait à adoucir et même à retirer la punition sur votre demande.

— Vous désireriez que je sollicite cette clémence ! Qu'est-ce que ça peut vous faire, Mistress Gertrie ?

— Vous jouissez d'un pouvoir assez grand sur cette maison, pour ne pas souhaiter que la déconsidération l'atteigne.

Or, une maîtresse ainsi punie sur l'accusation d'une élève, c'est notre réputation enjeu, c'est la perte de notre institution.

— Qui le saura ?

— Celles à qui se plaindra madame Clary, nos maîtresses pour ici, nos relations pour le dehors. Quelle est la vraie cause de votre inimitié contre madame Clary ?

— Je vous l'ai confessée.

— Je ne l'admets pas. Ayez confiance en moi, et nous chercherons ensemble un moyen de tout concilier.

En ce moment une servante vint prévenir que miss Sticker attendait miss Reine.

— Bon, bon, dit Reine, dites à Miss que j'y vais dans un instant. Je termine les explications que je dois à mistress Gertrie.

L'autorité, qui perçait dans le ton, frappa au cœur mistress Gertrie, le sans-gêne de la phrase raviva toutes ses angoisses. Était-elle arrivée trop tard.

La servante s'était retirée sans paraître autrement surprise.

— Répondez-vous souvent ainsi aux appels de ma sœur ? interrogea la codirectrice d'une voix blanche.

— Très rarement ! Je suis trop heureuse de causer quelques minutes avec vous, pour ne pas lui imposer une légère attente.

— Et elle ne viendra pas vous chercher ?

— La directrice se déranger pour moi, une élève ! Je lui ai dit qu'il ne fallait pas le faire.

— Vous lui avez dit ça ! Donc, cela s'est produit. Accompagnez-moi chez elle.

— Vous allez commettre une sottise, Mistress Gertrie.

— Vous vous oubliez, Miss Reine.

— Non, étudions plutôt le moyen de concilier ma difficulté avec madame Clary, comme vous me le proposiez.

— Soit, revenons à cette question ! Que vous a-t-elle fait ?

— Elle m'a giflée par surprise et m'a appelée… suceuse de culs.

— Miss !

— Voilà la vérité. Elle peut avoir raison, elle n'a pas le droit de m'en créer une insulte, surtout si j'ai léché le sien.

— N'avancez pas de telles énormités ! Raisonnons. Pourquoi vous aurait-elle dit cela ?

— Parce qu'elle me boude, depuis que votre sœur me protège, et qu'elle a voulu s'adresser à une de mes amies… pour cette délicate opération.

— De pareilles saletés ici, vous mentez.

— Oh, Mistress ! J'ai défendu, devant elle, à mon amie, d'accepter son rendez-vous. Vous êtes fixée. Voyez-vous un moyen de concilier…

— Vous avez raconté cette histoire à ma sœur ?

— Je m'en serais bien gardée, elle aurait chassé madame Clary et, malgré tout, je ne veux pas lui enlever sa position ! Puis, elle eût peut-être exigé le nom de cette amie, et il ne me plaît pas de compromettre aucune de mes compagnes.

— Une amie que vous avez débauchée, avouez-le.

— Vous êtes curieuse, mistress Gertrie, sur un chapitre qui ne regarde que moi seule… et celle qui aime mes… caresses.

— Quelle perversité !

De nouveau la servante revint chercher Reine, qui demanda

à mistress Gertrie ce qu'elle devait répondre.

— Dites à madame la directrice de vouloir bien venir me trouver.

La servante se retira : mistress Gertrie trahissait un grand désarroi : elle considérait de plus en plus attentivement la Française, et elle donnait cet ordre sans savoir pourquoi.

— Mistress Gertrie, reprit Reine, je consens à arranger l'affaire, mais vous ne révélerez pas à miss Sticker ce que je vous ai conté.

— Non, j'en suis trop troublée.

— Oh, que vous avez tort de ne pas me comprendre !

La libertine élève devinait bien que l'esprit de la codirectrice s'accoutumait à l'image lascive, et que d'avoir évoqué la vision de Clary courant après une de ses compagnes, pour en obtenir ses caresses sur ses parties sexuelles, la prédisposait par un retour d'idée à se supposer atteinte de ces désirs impudiques et susceptible de les recevoir. Son trouble signifiait bien qu'elle mollissait dans sa farouche intransigeance, et sa réponse écarta tout doute.

— Vous croyez que je ne vous comprends pas, répliqua-t-elle ! Mais, mon enfant, ce sont là de ces choses que les élèves et les maîtresses de mon temps n'envisageaient pas. Puis, vraiment, petit mauvais sujet, quelle sensation attendre d'un si vilain dévergondage.

Capitulait-elle aussi vite ! Reine n'en revenait pas : une victoire si rapide la portait à se méfier. Elle insista pourtant avec habileté :

— Essayez de me comprendre, et vous serez mieux à même

de juger.

— Quelle nature folle ! Ma sœur va venir et je désirerais encore vous questionner.

— Votre sœur ! Est-ce bien le mot ?

— Miss Reine, vous m'épouvantez.

— Pourquoi ? Avant d'être votre sœur, elle est la directrice et… je l'entends.

Les pensées qui assaillaient mistress Gertrie, obscurcissaient à un tel degré son esprit, qu'elle n'avait plus conscience de rien. Contre toutes les règles de convenances entre une supérieure et une élève, elle laissait Reine assise sur un fauteuil et se tenait debout devant elle, miss Sticker entrait ; elle s'aperçut de cette incorrection et dit :

— Oh, oh, votre conversation doit être très intéressante pour que vous me fassiez attendre, et que miss Reine occupe votre place, Mistress Gertrie, alors que vous restez debout en sa présence, comme une coupable. Auriez-vous commis à son égard la même faute que madame Clary ? Dans ce cas, si elle exige qu'on vous attache au chevalet, vous en subirez aussi le supplice.

— Moi, moi !

— Vous, oui vous ! Que disiez-vous de si important ? Miss Sticker s'était installée dans le fauteuil que lui cédait Reine, et scrutait l'allure des deux femmes, Gertrie embarrassée, Reine aussi maîtresse d'elle-même qu'au milieu de ses compagnes.

— Nous parlions de madame Clary, répondit Reine ; il paraît que je compromettrais la maison en persistant à la vouloir flageller au chevalet. Je renonce donc à ce châtiment, Miss Sticker.

— Vous n'y renoncerez pas, Miss Reine ! Moi, je ne cède pas. Elle s'est mal conduite vis-à-vis de vous, je maintiens la correction.

— On peut tout arranger, murmura Gertrie.

— Qu'avez-vous donc à être aussi troublée, ma sœur, interrogea miss Sticker ?

— Elle me suppliait de pardonner, intervient Reine, et je me révoltais à cette prière. Et, en cette circonstance, elle avait raison.

— Cette enfant est d'une délicatesse exquise, n'est-ce pas ma sœur, dit miss Sticker prenant la main de la jeune fille pour la baiser ; celle-ci la retira prestement et l'en empêcha.

Mistress Gertrie reconquérait son sang-froid, elle répondit :

— Pour tout concilier, il y aurait un moyen.

— Dites lequel.

— Soumettre Clary au chevalet en notre seule présence.

— Et la mienne, protesta Reine.

— Certainement devant vous, répartit miss Sticker, et c'est vous qui la fustigerez.

— Oh oui, oui, je la fustigerai, et ainsi personne ne saura rien.

— Il faudra qu'elle promette de garder le secret, observa Gertrie.

— Je m'en charge, dis miss Sticker. La correction aura lieu ce soir à dix heures ; je vais l'en aviser et achever de la confesser. Vous, Reine, retournez à votre étude, et avant de vous retirer dans votre chambre pour le coucher, vous me rejoindrez ici chez mistress Gertrie, d'où nous nous rendrons à la salle de punitions. Avez-vous encore quelque chose à lui communiquer, Gertrie ?

— J'aurais deux mots à ajouter à notre conversation.

— Bon, je vous la laisse.

Miss Sticker partit, et dès qu'elle fut dehors, Gertrie saisissant Reine par un bras lui dit :

— Oh, je le vois, tu sais tout, et tu es sa concubine, malheureuse enfant.

— Et vous aussi, vous l'êtes, mistress Gertrie, vous qui l'avez dépucelé comme il m'a dépucelée : de plus, vous êtes incestueuse, il ne convient pas que vous cherchiez à m'outrager.

— Oh, je ne veux pas t'outrager ! Oui, nous sommes ses concubines ; soit, restons-le, mais sans nous jalouser, et en nous entendant. Dis, dis, ma belle petite chérie, tu sais donc émouvoir les sens des femmes !

— Ah enfin !

Mistress Gertrie, vaincue sous les érotiques effluves de la jolie Française, ne résistait plus à la tentation de cette luxure inconnue, par laquelle elle propageait la débauche autour d'elle. S'allongeant sur un fauteuil, elle retroussait bravement ses jupes, étalait ses cuisses, entre lesquelles se précipitait Reine pour dévorer son con des plus chaudes minettes, et à peine commençait-elle à travailler de la langue, que Gertrie claquait des dents, battait des jambes, enveloppait son visage de ses charmes, s'exclamait en phrases délirantes de passion, déchargeait presque sur le champ, marquant de la sorte combien le désir lui était né fougueux, combien les manœuvres libertines de la séduisante élève la gagnaient au saphisme. Et elle la suppliait de continuer encore, toujours. Gertrie ne l'aurait jamais supposé ! Quoi, une langue habile voltigeant sur le con, suçant le clitoris, léchant les poils du chat, picotant le vagin et l'explorant ; quoi, une langue s'égarant entre vos cuisses jusqu'à la fente du cul, produisait un si grand effet ! Vraiment cette chère petite et amoureuse langue valait mieux que le baisage d'un homme, de Jean, et même de son mari ! Elle relevait bien haut les jambes pour que l'adorable langue la farfouillât à l'aise dans toute sa sexualité depuis le nombril, le bouton, le con, jusqu'à l'entre-fesses, jusqu'au trou du cul. La langue de Reine se dirigeait immédiatement vers le point qu'elle désignait d'instinct.

Volupté sans pareille, cette divine enfant lui écartait les cuisses, l'invitait à se coucher davantage sur le dos, lui cha-touillait la raie de son derrière avec un doigt fureteur, collait la figure sur son con et son minet, et ne voilà-t-il pas qu'elle enfonçait le nez dans son vagin, imitant à merveille l'action de l'enconnage. Délices inouïs, elle déchargeait de nouveau sur ce gentil petit nez qui la possédait ! Non, cela n'était pas fini, cela ne finissait pas comme avec son mari, comme avec Jean. Plus elle jouissait, et plus elle enrageait de la luxure de Reine. Que faisait-elle, la chère enfant ! Ah, la sirène, l'ensorceleuse ! Elle pointait la langue par dessous, vers son postérieur, pour la lécher dans toute la longueur de la fente, et elle murmurait de douces et tendres paroles à une petite couronne de poils touffus qui entourait le trou, le plaçant comme un gros point de velours noir foncé au milieu des blancheurs de l'astre. Puis, la langue revenant au con, elle se sentait entraînée par les cuisses sur le buste de la jolie suceuse. Que préparait-elle encore ! Reine avait défait son corsage et, de la pointe de ses seins, plus formés qu'elle ne le supposait, elle lui chatouillait le con, et le trou du cul. Oui, oui, cette enchanteresse avait des nénés : son étonnement en était si vif, qu'elle ne repoussa pas la tentation de les voir qui lui venaient, et elle murmura :

— Reine, montre-moi tes nichons.

— Oui, maîtresse chérie, quoiqu'ils ne doivent pas être aussi beaux que les vôtres.

Que disait-elle ! Pas si beaux ! Fi de la petite sournoise, elle en possédait une très jolie paire. Ce qu'elle devait être bien faite sous les jupes !

— Reine, montre-moi tout et dis-moi tu.

— Quoi, que veux-tu voir ?

— Ton petit con, et puis ton derrière ; il doit gagner, embelli par les plaisirs de l'amour.

— Oh, il est bien le même que lorsqu'on le fouette.

— Ma pauvre chérie, montre-moi tout, tout.

— Non, non, ne me prive pas des caresses que mon cœur me dicte sur toutes les perfections de femme. Je veux te manger le con et le cul.

— Non, assez.

— Jouis encore une fois, je sens que ça va venir ! Ce que tu en avais envie ! Et tu t'entêtais à ne pas me comprendre ! Attends, que je te branle ! Oh, je devinais bien que tu étais la plus belle entre toutes, mais ce que tu dépasses mes espérances ! Ton derrière est un monument de beauté ! Ah, ah, tu jouis, hein, ma petite maîtresse chérie, je sais bien faire jouir les femmes !

— Ah, ah, ah, je me meurs, assez, tu me tuerais.

Gertrie fondait ; elle lançait les jambes par dessus la tête de Reine, au risque de lui embrouiller les cheveux, et, couchée sur le dos, au bord du fauteuil, elle présentait toutes ses fesses en l'air, avec son con, bâillant sous la volupté, s'appuyant sur les épaules, le cou, le visage de sa gougnotte, obligée de la soutenir par ses bras enroulés autour de sa taille. Dans les spasmes qu'elle éprouvait, elle se laissa rouler à bas du fauteuil, les deux jambes autour du cou de Reine, qui la maintint par les reins, en continuant de darder la langue dans le vagin.

Il fallait s'arrêter, Reine ne caressait plus, mais admirait, pelotait les charmes de Gertrie : elle avait saisi avec amour ses fesses qu'elle continuait à proclamer être les plus proches de la perfection en chair et en forme. Celles de miss Grégor possédaient certes des attraits bien séduisants, et si madame Clary manquait de la beauté du visage, sous le rapport du postérieur elle figurait parmi les mieux douées ; mais ni l'une, ni l'autre ne pouvaient rivaliser avec Gertrie. Oui, oui, la co-directrice étalait le plus joli derrière qui lui ait été jusqu'alors permis de contempler. Seule, la servante Rosine était en état de lutter pour l'ampleur des formes, mais elle n'offrait pas la même pureté de carnation, cette délicieuse contournure des organes génitaux. À regret elle s'arracha à sa luxure, et cédant à la volonté de la codirectrice répara le petit désordre de sa personne.

« Nous nous reverrons bientôt », dit Gertrie la mettant dehors pour ne pas être tentée de recommencer.

Il était extraordinaire qu'avec une telle dépense d'émotions libertines, Reine se maintint à un bon rang dans ses classes ; mais elle persévérait dans sa volonté de travail du début, et elle s'appliquait à mériter toujours les éloges de ses maîtresses. Pour celle de l'étude, Nelly Grassof, elle la tenait par leurs relations plus ou moins fréquentes, car il ne faut pas croire qu'on ne pensait plus qu'aux lubricités dans cette étude. Après les entraînements de l'année précédente, certaines curiosités vicieuses s'étaient émoussées, et si une moitié des élèves ne renonçait pas à rechercher des sensations lesbiennes, l'autre moitié s'en désintéressait et laissait faire. Puis, si on appréciait les satisfactions charnelles procurées par Reine, il n'en allait pas de même vis-à-vis des imitatrices : du reste celles-ci ne se lançaient que pour un caprice particulier, et ne généralisaient pas la cochonnerie comme la Française.

Eva s'entêtait à pousser May, qui refusait de recommencer, et Alexandra qui jalousait Nelly pour Reine, qui se tourmentait de ses aventures avec Fréfré, ne songeait plus guère à courir.

Reine demeurait la véritable inspiratrice des crises sensuelles et, si elle observait la sagesse, par un accord tacite, tout le monde l'observait autour d'elle.

Satisfaite de ses succès, en revenant à l'étude, après avoir quitté Gertrie, elle se proposait de terminer ses devoirs, pour rêver à sa petite vengeance de Clary et au plaisir qu'elle tirerait à la flageller durement, lorsqu'elle comprit à un coup d'œil de Nelly, que l'heure de la démangeaison de ses sens avait sonné. Sans aucune hésitation, de la tête elle l'invita à la rejoindre à son pupitre, d'où elle sortait ses livres et ses cahiers ; puis comme elle s'était arrêtée debout derrière, lui passant sans façon la main sous les jupes, elle lui pinça les fesses en disant :

— Tu veux me le faire ?

La question suffisait à établir le degré de tolérance consenti entre la sous-maîtresse et les élèves. Déjà Reine avait retroussé ses jupes et présentait son jeune con à Nelly, accroupie entre ses cuisses.

— N'est-il pas malheureux, gémit Eva, d'avoir affaire à une amie aussi froide, aussi dure, aussi méchante que May.

— Ne bougez pas, murmura Nelly en soulevant la tête au-dessus des cuisses de Reine, rien qu'un couple à la fois, nous nous exposerions trop autrement :

— Qui te permet de parler, dit Reine, la repoussant de ses cuisses. Vite debout, que je te fouette pour te punir.

— Oh non, ma petite Reine.

— Quand tu me gougnottes, c'est moi la sous-maîtresse, et pas toi. Tu ne veux pas me donner ton postérieur à fouetter ?

— Si, si, tiens, ma belle mignonne.

La sous-maîtresse Nelly se redressa, releva les jupes, ouvrit son pantalon, d'où elle exhiba un fort gracieux postérieur aux joues grasses et rebondies, aux chairs blanches et fermes, belles et grosses pommes attrayantes, et sur lesquelles convergèrent les regards polissons des jeunes Miss.

Reine les pelota d'une main complaisante, comme si elle en prenait les dimensions, allongea une claque retentissante, bientôt suivie d'une deuxième et de plusieurs autres : l'astre lunaire frémit sous la fouettée, mais loin de se troubler, Nelly développa davantage les rondeurs de son cul, et souriante, murmura :

« Encore, fesse-moi encore. »

La main de Reine continua de frapper pendant quelques secondes, puis s'arrêtant, elle se tourna du côté de May, et dit :
— Pourquoi fais-tu languir cette pauvre Eva ?
— Cela me regarde, ce n'est pas ton affaire.
— Prends garde, je vais te fouetter à la place de Nelly.
— Je préférerais que tu me lèches le derrière.
— Je ne lèche pas le cul de celles qui font les méchantes avec leurs amies.
— Reine, intervint Nelly, fouette-moi encore, si le cœur t'en dit, ou laisse-moi te branler ou te sucer.

Étrange maîtresse d'études qui se soumettait ainsi à une de ses élèves, affichant cyniquement la débauche qui les unissait, et se prêtant au patouillage de ses chairs, auquel elle se livrait. Reine, satisfaite de son abandon, après quelques pelotages lascifs lui répondit :
— Soit, dépêche-toi de goûter à ton plaisir dans mes cuisses, tu me laisseras ensuite terminer mes devoirs.

Nelly se rejeta à genoux, et fourra la bouche sur le con de

Reine, le suçant, le léchant, envoyant la langue dans le vagin, chatouillant le clitoris d'un doigt nerveux.

— Ah, balbutia-t-elle dans un souffle, tu ne m'aimes pas, tu ne jouis jamais !

— Jamais, c'est trop dire, mais moi je suis de celles qui aiment mieux le faire aux autres, je ne ressemble pas à May.

— Pourquoi, s'exclama May, ne vas-tu pas sous les jupes d'Eva ?

— Parce qu'Eva tient davantage à tes caresses qu'aux miennes.

— J'ai une telle envie de jouir, Reine, que je serais bien heureuse de voir ta langue me farfouiller au bon endroit.

— Je ne veux pas qu'elle te lèche, cria May avec humeur.

— Alors, viens vite me sucer.

Nelly engloutissait dans ses lèvres le con et le clitoris de Reine : celle-ci s'installa devant son pupitre, jeta les jambes autour du cou de sa gougnotte et dit :

— Nelly, il faut que je travaille, mais je ne veux pas te déranger dans tes caresses, reste sous mes jupes si ça te plaît.

— Oui, oui, ça me plaît, j'y reste et j'entends te faire jouir, j'en viendrai bien à bout.

— Qu'elle est gentille, notre jolie Reine, murmura Eva ! Donne-moi ta main, May, tu veux bien, dis.

— Ma main, rien que ma main, la voilà.

Eva la lui guida à travers son pantalon, vers son clitoris, et May se décida à la toucher, à reconnaître le con, à peloter les cuisses satinées de sa compagne, tout en disant :

— Ah bien, je consens à te branler encore une fois, je suis

en bonne société pour la cochonnerie.

— Passez sous le pupitre, conseilla Nelly, il y aura moins de danger à être surprise.

Reine travaillait sérieusement : Nelly la manœuvrait de la langue avec une fougue de plus en plus ardente ; la fillette paraissait indifférente, elle ne contint pas un serrement de cuisses sous une subite sensation qui l'agitait, et elle glissa une main sous ses jupes pour presser la tête de la sous-maîtresse contre son minet, en murmurant :

— Va, va, à gros coups de langue, ça me chatouille, et je crois que je jouirai.

— Ah, tu jouiras, chérie, attends, attends, je veux que tu décharges, je veux boire ta chère liqueur !

Nelly détacha le pantalon de Reine, le tira hors de ses pieds, attrapa ses deux fesses dans les mains, entrouvrit bien ses cuisses, et enfilant le vagin avec la langue, qu'elle lançait par saccades en pointe sur le clitoris, elle la vit tressaillir et l'entendit dire :

— Ah, ah, marche encore plus vite.

Mais une élève qui guettait vers la porte cria :

— On vient.

Rapidement Nelly et May sortirent de dessous les jupes de Reine et d'Eva ; elles étaient debout comme toutes les élèves se dressaient ; miss Sticker entrait : seule, Reine, les yeux blancs, demeurait figée dans son extase, la tête sur ses cahiers, et la sous-maîtresse, se penchant sur son épaule comme si elle lui donnait un explication, la favorisait pour se remettre de son émotion.

La directrice avait-elle vu, n'avait-elle pas vu ?

Reine se levait à son tour, profitant d'un moment d'arrêt de miss Sticker sur la porte.

Un silence de glace régnait dans la salle ; la directrice s'avança, elle ne pouvait pas ne pas voir le pantalon de Reine à terre, ni celui d'Eva que May, entraînée du branlage aux minettes, lui avait retiré et placé sous sa chaise. Elle n'en parla pas, elle dit simplement :

— Bien, très bien, on travaillait ! Miss Reine, veuillez monter à mon cabinet ; j'ai une explication à vous demander : accompagnez-la, Mistress Nelly, l'explication vous concerne aussi.

Reine, sa volupté dissipée, se dirigea avec tranquillité vers la porte, tandis que la sous-maîtresse, toute pâle, la suivait et lui murmurait dans le couloir :

— Nous sommes perdues, elle nous a surprises.

— Je n'ai peur de personne, je te défendrai, tu verras ça.

— Que peux-tu, ma pauvre petite ?

Reine sourit et monta l'escalier sans trahir aucun trouble, escortée de sa sous-maîtresse, plus morte que vive.

Elles sorties, miss Sticker arrêtée au milieu de l'étude, dit :

— Je suis vraiment très satisfaite de votre bonne tenue, mes chères filles, mes compliments, persévérez et votre avenir est certain.

C'était la première fois qu'une parole d'éloge tombait de ses lèvres ; les élèves n'en croyaient pas leurs oreilles et s'en effrayaient dans le fond de leur cœur.

Eva passait par toutes les couleurs de l'arc-en-ciel à cause de son pantalon, qu'avec son pied, elle essayait de faire passer entre ses jambes. Alexandra, amie dévouée, guignait celui de Reine.

Miss Sticker dessina un mouvement pour se retirer, mais se retournant au moment de franchir le seuil de la porte, elle ajouta :

— J'espère que pour les quelques minutes où vous allez rester seules, sans surveillance, vous continuerez votre excellent travail et ne causerez pas de tapage. Mes compliments, mes compliments, Miss.

Elle partit et refermait la porte ; on entendit le bruit de ses pas qui s'éloignait, mais on ne voyait pas son visage narquois, on ne percevait pas son exclamation :

« Un petit sérail, un vrai petit sérail, cette étude, elle a bien, très bien fonctionné, ma charmante petite Reine ! Il ne faudrait pourtant pas que cela se prolongeât trop ? Bah, je ne suis plus miss Sticker, je suis un homme, et un homme cueille les fruits féminins, mûrs ou verts ! Chut, le rôle de miss Sticker demeure. »

Quoi, la directrice, la terrible directrice n'avait rien vu !

Eva grimpait sur son pupitre, s'y asseyait, tirait les jupes à hauteur de la ceinture et disait :

« May, May, vite, recommence, j'allais jouir, on sera bien

mieux ainsi. »

Et May ne refusa pas : devant toutes ses compagnes, elle approcha la tête des cuisses de son amie, darda une langue pointue et la lécha avec beaucoup d'amour, en dépit de sa résistance du début.

Alexandra avait promptement ramassé le pantalon de Reine et, comme elle le contemplait, Lisbeth lui dit :

« Baise-le donc, ce sera toujours quelque chose. »

Alexandra s'empressa d'écouter le conseil et couvrit de baisers le cher et intime vêtement, elle avait vraiment du sang de fétichiste dans les veines. Plus elle embrassait, et plus elle s'excitait, dépliait le pantalon, séparant les deux jambes, mêlant des léchées aux baisers, ne laissant pas un seul pan ignoré de ses lèvres, le pressant contre sa poitrine, amusant ses camarades de ses singeries passionnées.

« Bêtasse, lui dit tout à coup May en tournant la tête de son côté mais appuyant une main sur le ventre d'Eva, pour qu'elle conservât les jupes troussées, tiens, je suis debout, tu ferais bien mieux de me lécher le derrière, ce que j'aime tant de ton adorée Reine, et comme ça te plaît, nous jouirions toutes les deux en même temps qu'Eva, à qui je continuerai de sucer le bouton. »

Elle n'eut pas plutôt prononcé ces mots, qu'Alexandra, enfermant le pantalon de Reine dans son pupitre, s'accroupissait derrière elle, la retroussait et plaquait la langue dans la fente de son cul.

— Ah, ce qu'elles s'en donnent celles-là, observa Aime avec un soupir !

— Dis à ta voisine de te le faire, dit Eva.

— Non, non, c'est moi qui la sucerai, cria Lisbeth.

L'étude était lancée : les vertueuses baissaient le nez sur leurs livres ; les perverses quittaient leurs places et se défiaient aux gestes polissons : de ci, de là, on apercevait des rondeurs blanches de derrières, et les caresses ne se faisant pas attendre : une complaisante camarade se jetait sur les genoux, et une langue de plus s'exerçait sur des parties sexuelles, sur le devant comme sur le derrière, à charge de revanche loyale.

On s'exclamait sur les robustes contours de certains fessiers, on s'amusait à examiner la pousse des jeunes minets, à consoler celles chez qui ne se voyait encore aucun duvet. Et, il faut le noter : ces fillettes, dépassant de quelques mois la quinzième année, n'offraient que deux ou trois exceptions de chats non encore nés. Sous la luxure, l'étude galvanisée oubliait toute prudence. Heureusement que nul danger de surprise ne la menaçait.

Cependant miss Sticker avait rejoint Reine et Nelly dans son cabinet et affichait à leur égard une très froide attitude.

— Miss Reine, dit-elle au bout de quelques secondes, agenouillez-vous devant ce fauteuil, appuyez la tête sur le bord et relevez vos jupes : vous allez recevoir le martinet : je n'ai pas besoin de vous dire votre faute : vous la connaissez. Je sais que votre pantalon est resté à votre place dans la salle d'étude.

— Miss Sticker, intervint Nelly, Reine craignait de l'avoir déchiré.

— Vous répondrez quand je vous parlerai, Mistress Nelly, votre tour ne tardera pas à venir. Soyez aussi obéissante que l'élève : miss Reine me présente son derrière d'une façon très convenable pour qu'on lui applique la correction.

Miss Sticker s'empara du martinet qui était toujours sur son bureau, à sa portée, s'approcha de Reine, agenouillée devant le fauteuil, le corps en avant, tenant des mains ses jupes retroussées, et étalant toute la courbe de ses reins, toute la raie de son postérieur, avec ses fesses, jolies à croquer dans leur aristocratique structure. Vlan, vlan, vlan, trois coups de martinet s'abattirent et l'obligèrent à s'allonger sur les bras, à repousser le fauteuil dans le mouvement d'oscillation imprimé au corps. Un quatrième coup plus violent cingla le cul, le rayant d'une grosse ligne rouge. Reine allait pleurnicher, la voix de miss Sticker murmurait :

— Petite cochonne, je te punis, surtout parce que tu jouissais.

Elle ne frappa pas le cinquième coup et reprit à haute voix :

— Ne bougez pas. À vous, Mistress Nelly. Vous comprenez que je sais tout. Retirez votre pantalon, si toutefois vous en avez un, et apportez-moi votre derrière, que je lui applique le châtiment, comme à celui de l'élève.

— À moi, Miss Sticker !

— Préféreriez-vous que j'écrive aux parents de miss Reine, pour leur apprendre quelles sont les leçons que vous donnez à leur fille pendant les heures d'étude.

Nelly ne protesta plus. Elle ôta son pantalon, se retroussa et, debout, tourna son cul vers miss Sticker, qui dit :

— Il y a de l'étoffe dans votre postérieur, comme dans celui de Reine. Je pense que vous supporterez la correction avec un égal courage.

— Je supporterai tout ce que vous exigerez, pour que vous me pardonniez.

Miss Sticker regardait avec des yeux qui papillotaient cette superbe mappemonde, bien plantée, bien dodue, bien puissante et bien blanche, avec une fente s'accusant très profonde, très accentuée. Elle ne répondit rien, et levant le bras, elle fit siffler le martinet qui claqua un très rude coup sur les fesses.

— Oh mon Dieu, murmura Nelly, vous me fouettez bien plus fort !

— N'êtes-vous pas coupable à un plus haut degré ?

Un deuxième et un troisième coup crépitèrent sur le beau postérieur, mais plus doux : Miss Sticker fouettait de moins en moins rude, et finit par dire :

— Mistress Nelly, et vous, miss Reine, s'il vous plaît de comparer vos derrières, je ne vous empêche pas de vous les regarder ; mais, je vous défends de laisser retomber vos jupes. Ils ont tous les deux leur genre particulier de beauté, et ils méritent vraiment d'être admirés.

Nelly se demandait si la directrice se moquait : quant à Reine, elle devina vite que son amant cherchait une nouvelle sensation ; elle se redressa avec précaution et dit :

— Vous avez raison, Miss Sticker, de se regarder le derrière, c'est une agréable chose, lorsqu'on sait en apprécier la beauté.

— Vous êtes une merveilleuse élève, ma chère ! Remarquez-vous les différences qui existent entre le vôtre et celui de mistress Nelly ? Oui, eh bien maintenant, installez-vous sur ce fauteuil, j'autorise votre excellente sous-maîtresse à renouveler les paillardes caresses dont elle honorait votre devant à mon apparition. Je tiens à me rendre compte de son degré de ferveur à la luxure.

— Oh, Miss Sticker.

— Me saisissez-vous, Mistress Nelly, je veux savoir ce que vous lui faisiez sous ses jupes !

Reine s'était arrangée sur le fauteuil, et les cuisses nues, disait :

— Obéissez, mistress Nelly, n'hésitez pas, la punition m'est agréable, et je bénis miss Sticker de me châtier de cette manière.

Du bout des doigts la directrice lui adressa un baiser.

— Eh bien, Nelly, insista Reine, voudriez-vous qu'on nous chasse toutes les deux ! Allons, allons, vous devriez remercier miss Sticker d'aller ainsi au devant de nos vœux, à moins que dans l'étude, lorsque vous sollicitiez d'examiner si mes jambes sont recouvertes de leur pantalon, et que vous posez votre jolie frimousse par là, tout près de mon bouton, vous n'abusiez de ma crédulité ! Ah, vous vous décidez !

Nelly s'abandonnait à l'aventure et s'écroulait entre les jambes de Reine : elle lui décocha quelques rapides minettes.

— Assez, intervint miss Sticker, je suis fixée, elle vous branlait à coups de langue. Vous avez de biens étranges manies, Mistress, pour accepter une place de sous-maîtresse dans une institution de jeunes filles !

Vous pouvez retourner à votre étude, Miss Reine ; la punition de l'élève est terminée ; à la part particulière qui revient à la sous-maîtresse.

— Quoi, vous voulez que je vous quitte.

— Sans doute, à cause de vos devoirs.

Reine, dépitée de ne pas assister à ce qui allait se passer, hésita de protester, mais se ravisant, elle dit :

— Si vous le permettez, Miss Sticker, je sortirai quelques instants dans le parc, éprouvant un commencement de mal de tête.

— Je vous donne la permission, mon enfant.

— Merci, Miss Sticker.

Reine partit, dans l'intention de réfléchir à tout ce qui lui survenait dans cette journée.

Seule en tête-à-tête avec la directrice, Nelly ressentait quelque appréhension de l'entretien qui s'annonçait.

— Nelly Grassof, dit Sticker, vous avez commis une de ces fautes qui ailleurs vous mènerait loin. Je vous ai punie d'une façon bénigne, le reconnaissez-vous ?

— Je le reconnais.

— J'ai donc droit à votre franchise et à votre attention. Savez-vous, Nelly que vous êtes une très jolie femme, très élégante, et méritant mieux que votre position actuelle. Malheureusement vous êtes mariée à un homme qui s'est conduit très mal, alors qu'il eût dû remarquer vos yeux fripons et provocateurs, votre petit bouche fine et mutine, votre corsage prometteur, et ensuite ce que j'ai eu le plaisir de contempler en vous fouettant.

— Miss !

La confusion assourdissait la voix de la sous-maîtresse, ne devinant pas encore à quoi tenait le discours de sa supérieure : mais elle l'étudiait sans en avoir l'air, l'analysait, et s'étonnait de lui découvrir un charme qu'elle ignorait.

— Combien y a-t-il de temps que vous manquez de nouvelles de votre époux, reprit miss Sticker ?

— Quatre ans, juste un an après notre mariage, et alors que je venais d'accoucher de mon petit garçon ! Une bien vilaine histoire, Miss Sticker, et dont je ne me suis consolée que depuis mon entrée chez vous. Il y a trente et quelques mois, peu avant l'arrivée de miss Reine.

— Aimez-vous toujours votre mari ?

— Oh certes non, un pareil monstre, envolé vers le Continent avec un autre homme, dont il partageait les goûts honteux, ainsi que je l'appris plus tard. Oh, tout est bien fini entre ce misérable pédéraste et moi !

— Ne jetez pas la pierre aux autres pour leurs passions. Qui sait ce que l'avenir réserve à votre tempérament ! Ne fûtes-vous pas coupable dans vos goûts insexuels avec l'élève Reine ! Femme avec femme, cela n'autorise-t-il pas homme avec homme ! Sans doute, sans doute, l'homme est un être dit actif en amour, qui se dégrada en jouissant avec un des siens, plus qu'une femme, dite un être passif et se laissant aller avec une autre. Tout cela n'est que billevesées : le désir voluptueux a raison des esprits les plus froids et les plus sensés. Vous avez succombé au même désir qui perdit votre mari.

— Oh, pardon, pardon, Miss Sticker !

— Mon intention n'est pas de vous chagriner : j'ai trop d'admiration en ce moment pour votre gentille personne, et je vous prie de me montrer de nouveau votre derrière, pour achever la correction qu'il a encourue.

— Vous vouiez encore me fouettez avec le martinet !

— Allons, allons, relevez-moi vos jupes, afin que je juge si je me suis trompée à votre égard.

L'attitude de miss Sticker n'accusait pas de méchanceté : Nelly se retroussa, exhiba son postérieur, aux belles et proéminentes fesses, éclatantes de blancheur, et l'abandonna aux mains peloteuses et frémissantes de la directrice, qui murmura :

— Vous êtes bien ainsi que je le pensais, une très belle carnation, avec un chat aux poils bruns, pas trop épais mais soyeux, avec des cuisses fermes et rondes, un joyau de con négligé à tort, un petit bouton qui demande à jouir et frétille sous la caresse de mes doigts, une fente de cul qui mérite les lippées des amoureux, des fesses magnifiques qui semblent inviter le martinet à les durcir.

— Elles se passeraient volontiers d'une fermeté acquise de cette manière.

— Mistress Nelly, je suis très satisfaite de la façon dont vous surveillez votre étude, et pour vous en témoigner mon contentement, je vous nomme maîtresse de classe.

— Professeur, Miss ! Ah, quelle reconnaissance, je suis prête à tout ce que vous exigerez pour vous la prouver ! Et, si j'ai péché avec Reine, je pécherai volontiers avec vous ! Oh, Miss, Miss, qu'est-ce ceci ?

Miss Sticker, troussant ses jupes, avait attiré Nelly sur ses genoux, et sa queue en érection voyageait déjà vers ses fesses, contre lesquelles elle se trouvait le plus près. Quel miracle s'opérait-il ? La directrice se dévoilait un homme ! Nelly pouvait-elle le repousser dans son attaque ? Non, l'affaire avait été trop bien menée : l'avancement scolaire obtenu méritait toutes les complaisances. Elle ne se déroba pas à ce que miss Sticker espérait : au contraire, elle écarta les cuisses et voulut diriger la queue vers le con. Jean Sticker, non plus Miss, puisque son sexe se révélait, s'entêta à maintenir sa queue dans la fente du cul. Nelly estima qu'il avait des passions hors nature, mais en somme il était son supérieur, sous sa personnalité de directrice, et il fallait favoriser ses désirs : la belle fille se pencha en avant, présenta le trou de son cul, et avec quelque difficulté, à cause de la position, elle se vit enculer. Alors Jean, peut-être pour savourer son triomphe, peut-être pour reprendre du souffle, s'arrêta, gardant la queue dans son cul et dit :

— Je dépucèle d'abord par ce côté, et il m'a semblé en accomplissant cet acte pédéraste sur ton joli derrière, que je remplissais l'office de ton mari.

— Oh lui, il aime à ce qu'on lui mette, à ce qu'on m'a conté. Mais quelle drôle d'histoire est celle-ci ! Jamais je ne l'aurais cru ! Vous êtes un homme, vous, Miss Sticker, je ne m'y habituerai pas.

— Préfères-tu quitter la maison ? Ou bien, aimerais-tu bien que je t'enfile tout de suite par devant pour te convaincre de mon sexe.

— Restez-là, restez dans mes fesses, vous y êtes bien, et
moi aussi ! Ah, vous la retirez, elle sort. Pour le jeu qu'elle
commande, dites, on serait bien mieux sur un lit.

— Que penses-tu de mon instrument, ma belle Nelly ?

— Dame, pour être un peu... courte, elle très bonne pour
la manœuvre ! et puis, elle est mignonne, gentillette.

— Oui, elle n'est pas aussi grosse que celles que tu as vues !

— Oh, Miss, je n'ai jamais vu d'aussi près que celle de mon
mari ! Pour dire vrai, la pine de Grassof était plus forte, mais
la vôtre a l'ampleur voulue pour la besogne de tirer son coup.
Dites, ne la mettez-vous pas à d'autres ?

— Certes, et te voilà dans mes femmes !

— Vos femmes ! Oh, le pacha ! Je devine, c'est vous qui
avez dépucelé Reine.

— Reine, l'ange de mon ciel, Reine qui m'a créé homme !

— Quoi, Reine a fait ce miracle : d'une femme, elle vous
a transformé en un homme ! Ah bien les savants voudraient
bien connaître la méthode ! Oh là, elle gonfle votre petite
queue ! Ah, je la préférerais par devant ! Ah, ah, vous voulez
jouir dans mon postérieur ! Tenez, tenez, le voilà, ne vous fâ-
chez pas ! Ah, ah, vous me fouettez avec, Dieu, elle est dure,
elle entrerait comme dans du beurre ! Ah, c'est bon, bon, tout
de même, ah, comme elle m'encule bien ! Pourquoi ne m'em-
brassez-vous pas, dites ! Donnez-moi votre bouche ! Elle vous
a appris les baisers d'amour, votre Reine ! Dites, vous me per-
mettrez bien de la gamahucher, maintenant que vous me prenez parmi vos femmes ! Oh, elle, elle préfère lécher les autres

à être léchée ! Je connais ses aventures, allez ! Ce n'est pas elle qu'on débauche, c'est elle qui débauche ! Ah, ah, dites-moi votre petit nom.

— Jean.

— Ah, Jean, Jean, tu me fais jouir, et tu jouis ! Tiens, tiens, prends tout mon cul.

La décharge se produisait : Nelly pressait les fesses de toutes ses forces contre le ventre de Jean. Leurs jupes réciproques les entravaient bien un peu dans leurs mouvements, mais la queue s'allongeait, pénétrait et n'abandonnait plus la place conquise, et où elle fourrageait avec vigueur. L'assaut amenait la jouissance, le sperme giclait dans le fondement de Nelly. Ayant éprouvé la sensation, ils demeurèrent un instant à se pigeonner, puis l'enculée ne perdant pas de vue les questions d'intérêt, demanda :

— Quelle est la maîtresse de classe qui quitte sa fonction ?

— Madame Clary que je ne peux plus voir professeur et qui prendra le poste de surveillante générale.

— À cause de ta petite Reine ?

— Tu m'as comprise. Observe le silence sur ce qui se passe entre nous, et tu ne te repentiras jamais d'être entrée dans ma maison.

— Ne t'inquiète pas, Jean, mon petit amour, mais tu sais, je ne demande qu'à être de la noce ! Si on la fait ici, comme je le suppose, en l'honneur de Reine, ou d'autres, je sollicite de figurer dans toutes les parties.

— Sois-en assurée ! Reste encore quelques jours à la tête de ton étude, en attendant que ta remplaçante soit arrivée, et on marchera.

Jean avait joui ; il était enchanté de sa nouvelle et gentille concubine, s'étonnant de la vigueur qui se manifestait dans son organe. Il renvoya Nelly à son étude pour reprendre son rôle de directrice.

Reine était retournée à la salle d'étude. En passant par les terrasses, au lieu d'aller se promener dans le parc selon son intention, elle se heurta sur l'une d'elles à madame Clary. Aussi surprises l'une que l'autre de leur rencontre, elles s'examinèrent avec méfiance, puis la maîtresse murmura :

— Vous êtes une méchante enfant, Reine.

— Pourquoi votre surveillance s'acharne-t-elle après la moindre de mes actions.

— Parce que je crains de vous voir abuser de votre santé, ma petite.

— Grand merci, je suis d'une nature à qui le plaisir fait toujours du bien.

— Il n'en est pas de même pour tout le monde : vous devriez ménager certaines de vos amies.

— Je ne comprends pas, madame Clary.

— Si fait, Reine. Helyet passe son temps à l'infirmerie, menacée d'une maladie de langueur.

— Vous ne l'attraperez pas, vous ! Alexandra vous plairait, et vous ne regarderiez pas à la sécher. Mais moi, je ne veux pas que vous touchiez à Alexandra, j'y tiens.

— Et à toi, Reine !

— Vous auriez cette lubie, c'est bien assez de deux à qui je me prête ; moi, vous le savez, je cours sous les jupes, et vous n'avez pas eu à vous plaindre de mes caresses, quand vous avez commencé à perdre votre sévérité, vous vous souvenez.

— Ou toi, ou Alexandra : d'ailleurs, puisque tu rappelles le passé, ne te devrais-je pas la réciproque.

— Je reverrai la couleur de votre derrière ce soir : demain, je vous répondrai pour ce que vous demandez.

Elle planta là son ancienne maîtresse et rentra dans son étude, où le calme reprenait, les échauffées s'étant satisfaites.

Son arrivée provoqua un courant de sympathie, et on s'informa de la scène chez la directrice. Avait-elle été fouettée, et la sous-maîtresse aussi ? Elle répondit qu'il n'y avait rien eu, regagna sa place, et comme elle cherchait son pantalon, Alexandra lui avoua qu'elle le cachait dans son pupitre, et la supplia de lui en faire cadeau.

— Ce qu'elle le léchait, dit Eva en riant, il a fallu les fesses de May pour l'en distraire.

— Pauvre chérie, s'écria Reine, on ne peut pas cependant consacrer tout son temps à l'amour. Il faut que je termine mes devoirs. Je te le donne, et bientôt on se retrouvera toutes les deux où tu sais.

Peu après Nelly survint et réintégra sa table-bureau sans rien dire à personne.

Madame Georgette Clary, depuis le jour où elle se fit gamahucher par Reine, suivait de son côté le courant libertin qui entraînait les intelligences et les cœurs.

Chez elle, la force active le disputait à la force passive. Gougnottée par Reine, elle la gougnotta par saccades, jusqu'au jour où celle-ci ayant été dépucelée par miss Sticker, elle ne voulut plus se laisser faire. Du reste, la première effervescence calmée, une certaine pudeur s'empara de la maîtresse de classe, et la poussa à rompre ses relations avec son élève. Quand les tentations de la chair renaquirent, elle avait déjà porté les yeux ailleurs pour satisfaire sa sensualité, sur mistress Gertrie, qui ne s'y prêta pas. Il fallait le degré de vice séducteur inné chez Reine pour décider la codirectrice à accepter le saphisme. N'aboutissant pas avec Gertrie, répugnant à s'attaquer à ses pairesses dont elle se méfiait, ne pouvant retourner à Reine, Georgette Clary s'avisa de remarquer la prestance de Rosine, et se tourna vers elle. L'accord fut vite conclu et dura assez longtemps. Les deux femmes s'entendaient à merveille pour se gamahucher à qui mieux mieux. Rosine, plus dégourdie que toutes ces Anglaises, parvint à se procurer un godmichet, avec lequel elles s'enfilèrent mutuellement. Leur bonheur apparaissait sans nuage, lorsqu'une réponse intempestive de Rosine à miss Sticker amena son renvoi. Elle partit laissant le godmichet à son amante.

À la rentrée des vacances, Georgette Clary eut à s'occuper de ses nouvelles élèves, et des semaines s'écoulèrent avant que l'aiguillon de la chair ne la tracassât. Elle fit grise mine à Reine, redoutant une rechute qu'elle tenait à éviter ! Puis, sollicitée par l'érotisme, à cause même du genre de punitions adoptées dans l'Institution, elle en vint à contenter ses sens par l'application quotidienne du martinet ou des verges à l'élève prise en faute. Toute la classe défila sous ses mains, jupes troussées, pantalons ouverts ou retirés. Elle se délectait à contempler le cul de ses jeunes Miss, dans leurs poses de supplications ou de terreurs, de grâces ou de coquetteries, car, par un raffinement subtil, elle exigeait l'exposition des fesses quelques minutes avant de distribuer la correction, pardonnant à l'élève si, durant cette exposition, elle remarquait une pose qui lui convenait, s'extasiant de façon lubrique sur les câlineries du petit postérieur. Ce fut alors à qui, pour mériter son indulgence, s'ingénierait à donner de l'allure à son derrière. L'une ayant les fesses bien charnues, les sortait en plein du pantalon, les mouvementait avec adresse selon la fixité des regards qui les admiraient, et si elle s'apercevait que la maîtresse enfonçait la main dans sa poche, elle jouait délicieusement des chairs, comprenant d'instinct le branlage qu'elles provoquaient. Cette autre, mince et finette, les encadrait avec habileté de la chemise, pour ne laisser apercevoir que la fente toute rosée et toute timide. L'émulation s'emparait de ces esprits enfantins pour inventer des lascivetés qui chatouillaient agréablement l'épiderme de leur maîtresse.

Pendant quelque temps la contemplation de ces astres jeunets, ne demandant qu'à resplendir, avec la flagellation dont elle les gratifiait, soit de la main, soit des instruments en usage, suffit à endormir l'appétit de sa luxure.

Mais le feu de la concupiscence, montant des élèves jusqu'à la directrice, pour redescendre d'âge en âge jusqu'aux plus petites gamines, incendiait tellement tous les êtres peuplant la maison, que la pauvre Georgette Clary se rendait compte de l'abîme où l'on courait, si on n'enrayait pas par tous les moyens possibles le déchaînement des passions. D'où partait le mal ? De Reine et de son amie Alexandra, toutes les deux gougnottes de naissance, toutes les deux s'entendant pour s'imposer mutuellement. Cette idée la pénétra. Ces deux filles débauchées contaminaient partout où elles jetaient leurs désirs. En séparant les deux amies, en en accaparant une pour ses fantaisies personnelles, elle accomplirait une œuvre salutaire en même temps qu'elle y récolterait la volupté partagée dont elle manquait depuis le renvoi de Rosine. Sachant que Reine restait enfermée de longues heures avec miss Sticker, et en tirant la conclusion qu'elle consentait à faire jouir la terrible directrice, elle pensa que si elle se liait d'amour avec Alexandra, le calme renaîtrait peu à peu dans le tempérament des Anglaises, et que la luxure se localiserait en haut lieu, là où la formation du corps permettait de la supporter.

On l'a dit : l'enfer est pavé des meilleures intentions. La chère et excellente madame Clary en venait à se persuader que son vice personnel serait le salut de l'Institution Sticker. Elle commença donc à rechercher Alexandra. Le malheur voulait qu'elle ne lui fût pas sympathique, et que d'autre part elle ne la rencontrât que rarement sans Reine.

Interdire la camaraderie aux deux élèves, il n'y fallait pas songer. Reine d'ailleurs ne cachait pas la protection de miss Sticker, surtout vis-à-vis des maîtresses. Interpellée dans un salon, où elle regardait des tableaux, par l'une d'elle, Reine répondit sans se troubler :

« Si ma présence ici vous contrarie, Mistress, allez vous plaindre à Miss Sticker. Voici ce qu'elle vous dira : " J'entends que personne ne gêne Miss de Glady ". »

La maîtresse se l'était tenu pour dit. Clary ne pouvait renouveler une pareille maladresse. Elle attaqua franchement la question avec Alexandra, en lui proposant, devant Reine, de l'accompagner dans sa chambre, pour juger des gentils et délectables talents dont la renommée était parvenue à ses oreilles. Malgré qu'elle ne l'aimât pas, Alexandra hésitait. Gougnotter madame Clary, pas belle c'est vrai, mais bien en chair, cela lui souriait au fond ! Reine, l'enlaçant n'eut qu'à le lui défendre, pour qu'elle refusât. La colère de la maîtresse ne se contint pas, elle menaça la favorite de la directrice de lui arracher la langue et le derrière à coups d'ongles.

La querelle se déroulait dans un coin isolé des jardins ; Reine, haussant les épaules, dit :
— Tu t'es servie de ma langue et de mon derrière, Clary, tu es une cochonne de me parler ainsi, et je me moque de ta colère. Alexandra ne te fera pas jouir, tans que ça ne me plaira pas, et tu ne la gamahucheras pas.
Georgette Clary s'apprêtait à la souffleter, Alexandra s'interposa et Reine reprit :
— Je te promets de me venger, ton cul paiera les frais de la guerre.

— Mon cul, suceuse de culs, va-t'en trouver ta protectrice et ose lui raconter ce qui vient de se passer. Tu verras si elle te couvrira toujours, lorsque je lui apprendrai tes fugues dans les dortoirs. Tu ne respectes même pas les enfants !

La réplique porta. Reine désarçonnée ne sut que dire. Elle fut sauvée par Alexandra qui, redoutant une esclandre pour son amie, murmura :

— Oh, madame Clary, tout cela restera entre nous, et pour qu'on ne s'en veuille pas, je veux bien vous le faire une fois, à la condition que vous ne vous fâcherez pas contre Reine.

— Si elle se mêlait de ce qui la regarde, on ne se menacerait pas.

— Vous êtes plus douce, madame Clary, nous sommes seules, il y a le kiosque là, venez, je vous ferai jouir, et vous vous serrerez la main avec Reine. Tu veux bien que je lui fasse : j'aimerai de voir son beau cul.

— Soit, mais je lui défends de te le faire.

— Elle ne me le fera pas.

— Vous pouvez venir avec nous, Reine, reprit d'un ton plus affable Georgette Clary, vous donnerez quelques bons conseils à Alexandra sur les endroits où j'aime les coups de langue.

Et Reine suivit.

Un kiosque se trouvait en effet à côté ; les deux coquines le connaissaient bien, en usant pour leurs tête-à-tête. Sitôt entrées, Clary poussa Alexandra sur les genoux et la fourra le visage dans ses cuisses. À ce moment, Reine qui avait recouvré son sang-froid, s'emparant d'un martinet accroché au mur, se précipita sur elle, la retroussa et la cingla d'une violente fouettée.

Surprise, Clary lâcha ses robes sur Alexandra qui, se cramponnant à ses jambes, facilita son amie dont elle comprenait la rage : elle reçut une telle volée que ses fesses saignèrent avant que le bras de Reine ne se fût lassé.

Elle s'arrêta enfin de frapper et dit à Alexandra :

« Suce-lui le con, elle l'a gagné : quant à son derrière, je vais le lui laver, et puis je le lui lécherai pour qu'elle jouisse plus vite, et qu'une autre fois, elle ne nous embête plus. »

Les minettes d'Alexandra calmaient la cuisson des coups : d'un autre côté, cette sauvage agression révélait une si grande force de volonté chez la Française, que la colère de Clary s'effaçait et que l'érotisme la saisissait de nouveau. Elle ne disait plus rien, afin que les deux langues unies des fillettes lui procurassent la suprême sensation.

Tenant ses jupes relevées, elle s'abandonna aux mains de Reine, qui lui épongeait les quelques gouttes de sang, tachant la blancheur de ses fesses, les séchait, les pelotait, pour ensuite s'agenouiller et les encenser de fort savantes feuilles de rose, en agrippant par moments la langue de son amie entre ses cuisses. Clary vacillait sur ses jambes ; elle se sentait fondre ; elle s'observait pour ne pas parler, de peur de perdre la félicité qu'elle goûtait. Elle jouit avec furie et s'écroula sur le sol entre ses deux suceuses.

— Nous sommes réconciliées, murmura-t-elle !

— Oui et non répondit Reine : mais, si on doit jamais ré-
cidiver, c'est moi qui le jugerai, et non pas toi. Adresse-toi ailleurs, Clary. Du reste, je t'ai promis de me venger et je me
vengerai. Tu pourras raconter tout ce que tu voudras sur les
petites, et moi, je sais comment m'y prendre pour qu'on croie
ce que j'inventerai sur ton compte.

— Laisse les petites tranquilles, n'as-tu pas mieux ?

On se sépara. Georgette Clary eût-elle eu gain de cause en
s'attaquant à Reine ! À part Helyet, qu'elle voyait on ne sait où,
on ne pouvait l'accuser pour aucune enfant. Elle connaissait
cependant la conduite de la Française, elle savait comment la
dénoncer : elle ne parlait pas, espérant toujours réussir auprès
d'Alexandra. Ah, cette goule de Reine l'effrayait parfois,
lorsqu'elle pensait à ce qu'elle découvrit par le plus pur des
hasards. Un soir, où elle s'était attardée dans un salon, elle
entendit le frôlement d'une robe ; elle courut vers la porte et
aperçut une élève, dont elle ne distinguait pas la personnalité,
qui grimpait un escalier conduisant au 2e étage, aux dortoirs.
Qu'est-ce que cela signifiait ? Avec précaution, elle s'élança à
sa suite et la vit entrer dans une chambre à six lits, occupée
par des fillettes de neuf et dix ans. Savoir ce qui allait se passer
n'offrait aucune difficulté : des judas étaient ménagés dans
une tapisserie pour surveiller les enfants, sans qu'elles s'en
doutassent. On voyait et on entendait tout. Clary demeura
épouvantée en reconnaissant la Française debout au milieu de
la pièce, et mignardant les six fillettes assises sur leur lit. Elle
assista à toute la scène. Successivement, comme un vampire,

Reine passa de l'une à l'autre, appelée par celle-ci, provoquée par celle-là, et on voyait les jambes s'agiter, de petits ventres se soulever, des fesses se retourner pour se tordre sous la bouche gloutonne ; on entendait des exclamations de plaisir, et aussi l'échange de mots sales. La scène se développait, il en était qui descendaient de leur lit, pendant que Reine plongeait la tête sur la sexualité d'une restée couchée, lui écartaient les jambes, lui relevaient les jupes sur les reins, avec la chemise, lui patouillaient le cul, le léchaient à leur tour, souvent une par devant, une autre par derrière lui reniflant les poils, lui branlant le clitoris, s'instruisant dans le vice par les questions qu'elles lui posaient. Cela se prolongea plus d'une heure, où Reine toute dévêtue, toute nue, assise sur un lit, donnait un sein à l'une, un sein à l'autre, se faisait gougnotter comme elle en gougnottait une devant elle. Ce petit monde d'enfants débauchées, quand et comment, affichait des vices qu'elle, Georgette Clary, ignorait encore. Peu à peu le sommeil pesant sur celle-ci, sur celle-là, Reine se retira sur quelques dernières caresses précipitées, en promettant de revenir dans huit jours et en recommandant de parler à leurs autres compagnes des bonnes choses qu'elle leur apprenait.

Voilà ce que madame Clary avait vu, et qu'elle menaça Reine de révéler à miss Sticker, menace dont celle-ci se moqua. Elle menaça et en vain elle chercha à renouveler le trio, elle n'obtint rien, sinon la dénonciation à la directrice dans la journée, dénonciation contre laquelle elle ne se révolta pas, et qui ne rompit pas son mutisme.

Mais la directrice était venue la voir, et elle avait failli tout conter : elle en fut empêchée par cette apostrophe :

— Clary, n'accusez jamais de quoi que ce soit miss de Glady, je serais obligée de ne pas vous croire et nos rapports deviendraient impossibles. Je dois vous dire que je comprends votre désir, que j'y compatirai, et que je fermerai les yeux si vous agissez avec adresse, non pour Reine, mais pour toute autre. Le célibat, surtout lorsqu'on a été en puissance de mari, est une dure chose : la chair ne se dompte pas aisément. J'ai consenti à la correction qui vous sera appliquée en présence de ma sœur, de miss Reine et de moi. Nulle autre personne n'y assistera. Pour vous aider dans la recherche d'une amie complaisante (vous voyez que je suis indulgente) je vous confierai la surveillance générale de notre personnel, en vous libérant des soucis d'une classe à diriger. Vous aurez toute latitude pour réussir dans vos aspirations, mais à condition de ne pas vous heurter aux personnes que je protège.

— Qui sont ?

— D'abord miss Reine, puis toute sa division, y compris la sous-maîtresse. Vous avez assez de marge devant vous. Du reste en vous conseillant de ne pas vous heurter, je ne vous interdis pas de peser sur ces personnes.

— Même sur Reine ?

— Même sur Reine, mais alors en m'en référant.

— Ce que vous me révélez là, miss Sticker, me pousserait à croire que cette Française est le diable.

— Elle est la luxure qui s'impose. Surveillante générale, faites votre profit de ce que vous savez, de ce que vous apprendrez, et veillez à ce que nul danger ne nous atteigne. Par cette position, ma chère Clary, je vous mets pour ainsi dire sur le même rang que ma sœur et moi. J'espère pouvoir compter sur vous à tout événement.

— Vous le pouvez. Pourquoi maintenir la correction de ce soir.

— Reine le veut.

— Reine est donc reine, on s'en rappellera.

Elle l'avait abordée comme elle revenait à son étude, faisant ainsi le premier pas. Reine ne se montrait pas intraitable, que sortirait-il de sa flagellation ?

Sur les dix heures, elle descendit à la salle de méditation, où on devait venir la prendre pour la conduire à la salle des punitions : dans la demi-obscurité qui régnait autour d'elle, tous ces souvenirs assiégeaient son esprit.

À neuf heures et demie, Reine était arrivée chez mistress Gertrie. La codirectrice achevait une lettre qu'elle écrivait à son mari, selon son habitude mensuelle. Elle sourit à la jeune débauchée, lorsqu'elle entra, et devint toute rouge, en voyant que profitant de sa solitude, elle sortait un bout de langue de façon très significative.

« Toujours donc en train, murmura-t-elle. »

Elle ne repoussait pas la proposition : reculant son fauteuil, elle se retroussait et tendait les cuisses. Reine s'accroupissait d'un seul bond, et sa langue travaillait déjà le con, le clitoris, pour témoigner qu'elle se considérait comme la maîtresse définitive de ces joyaux.

Elle n'oubliait pas de peloter les fesses, de déposer un baiser dévot sur le nombril et, se relevant, elle approchait la bouche de la sienne en disant :

— Sens ton odeur.

— Fi de cette petite cochonne, elle veut me brûler le sang.

Mais sa langue courait dans la bouche de Reine et l'implorait :

— Fais-toi voir, nous n'avons pas eu le temps tantôt.

D'un mouvement gracieux, Reine ramassa ses jupes et exhiba son ventre, ses cuisses, son conin. Gertrie s'agenouilla et envoya quelques baisers furtifs.

— Ne nous échauffons pas, dit-elle en se redressant ; à ton tour, approche ta bouche et reconnais ton odeur.

Elles se becquetaient : le pas de miss Sticker dans une pièce voisine les arracha aux tentations qui naissaient : elles reprirent une posture convenable.

— Ah, fort bien, dit miss Sticker apparaissant, vous souriez, vous êtes donc au mieux ensemble. Vous allez fustiger madame Clary avec les verges, ma chère Reine, saurez-vous le faire ?

— Je les ai assez reçues, pour n'être pas embarrassée.

— Détrompez-vous : nous disposons de quelques minutes, vous vous préparerez la main en fouettant mistress Gertrie, qui mérite cette punition pour vous avoir empêchée de venir, quand je vous attendais.

— Quoi, Jeanny, s'écria Gertrie, tu me punis !

— Ou plutôt, je te récompense.

Reine se retourna vers miss Sticker, et les yeux dans les yeux, lui dit :

— Commandez-lui de se retrousser, et j'obéis : ma main ne demande pas mieux que de se préparer ainsi.

— Il n'est pas nécessaire que je commande, voyez.

Gertrie tenait les jupes sur ses bras, découvrant toutes ses jambes, elle se penchait en avant et disait :

— Fouettez-moi, Reine, fouettez et ne craignez pas de frapper. Votre main me chatouillera et me sera agréable.

Tout le cul de Gertrie s'arrondissait, invitant la fouetteuse à agir : la main de Reine eut l'audace de peloter, puis appelant cyniquement miss Sticker, elle dit :

« Je vais la fouetter, mais je sens que vous cherchez à vous exciter, Jean : nous n'avons pas à nous le faire. Tenez, mettez-vous à genoux là, dessous, vous me lécherez pendant que je la fesserai, et je jouirai sur votre bouche si elle jouit dans ma main. »

Elle gardait les fesses de Gertrie sous sa main gauche, de la droite elle relevait le bas de ses jupes : Jean Sticker s'installait par- dessous : elle frappa la première claque, Gertrie ne chancela pas : les autres suivirent ; Gertrie remuait les fesses, les rapprochait, Reine ne fouetta plus, glissa le doigt entre les cuisses, dénicha le clitoris, le branla : entre ses jambes, Jean lui happait et lui suçait le sien : sur sa tête il aperçut les fesses de Gertrie qui cherchaient à s'appuyer contre le ventre de Reine : ce spectacle activa le jeu de sa langue, qui courut du clitoris de la fillette au trou du cul de sa sœur : les deux femmes soudain jouirent et s'abattirent dans ses bras.

— Ah, Gertrie, Gertrie, murmura-t-il, je suis un véritable pacha.

— Avec deux femmes

— Avec trois, intervint Reine.

— Tu l'as compris, s'exclama Jean.

— Trois, répéta Gertrie apeurée, quelle est cette troisième ?

— Nelly Grassof, ma sous-maîtresse.

— Nelly, oh Jean, tu te tueras.

— Je baiserai bien tout notre personnel.

— Oh non, oh non ! Allons, rejoignons Clary, c'est l'heure.

Pas d'observation ne s'élevant, les trois femmes quittèrent l'appartement de Gertrie, pour descendre à la salle de méditation. Il était dix heures et quart, Georgette Clary, assise sur un banc, les mains sur les genoux, rêvait profondément.

Debout à l'apparition de miss Sticker, elle attendit que celle-ci parlât.

— Clary, prononça la directrice, vous avez adressé de honteuses propositions à miss Reine : cette chère enfant n'est pas une élève ordinaire ; elle consent à ne pas vous garder rancune, mais elle exige de vous appliquer elle-même les verges au poteau. Vous étiez maîtresse de classe, je vous nomme à la surveillance générale de notre personnel.

— Depuis quand, interrogea Gertrie ?

— Depuis tantôt. Je vous communiquerai demain, mistress Gertrie, les modifications apportées dans la maison. Acceptez-vous le désir de miss Reine, Clary ?

Elle accepta et l'on passa dans la salle de punitions, un peu plus éclairée, et sur le milieu de laquelle se trouvait le poteau du supplice, une simple colonne caoutchoutée et recouverte de velours noir, avec des courroies pour lier la patiente par les bras, le ventre et les jambes.

En silence, la maîtresse se dévêtit de la tête aux pieds ; pas un mot ne s'échangeait : la vue de son corps aux formes grasses et blanches ne laissa pas que de produire son effet.

Si elle n'était pas belle de visage, nous l'avons dit, en revanche la richesse des contours compensait amplement, jusqu'à donner de la grâce aux traits défectueux. Les trois femmes avaient déjà pris des acomptes suffisants de volupté, pour ne pas s'attarder à des considérations plastiques, pouvant les entraîner à des scènes de luxure, qui les éloigneraient du but de la réunion. Gertrie mit Clary contre le poteau, le lui plaçant entre les jambes, et l'assujettissant aux genoux par des courroies ; elle noua ensuite les bras à des bracelets qui pendaient de l'extrémité supérieure et étaient retenus par un cran montant et s'abaissant à volonté ; une ceinture en cuir la rivait enfin en l'entourant par devant et par derrière. Ainsi ligotée, elle apparaissait de dos avec les fesses en relief.

Miss Sticker et Gertrie s'installèrent dans deux fauteuils en face, et Reine, ayant pris les verges fut invitée à s'en servir.

La vue de ces chairs qu'elle caressa si amoureusement, et qu'elle retrouvait tout aussi belles et pleines, agissait sur ses sens : elle éprouvait du remords avant de frapper ce qu'elle adora : elle ne pouvait définir la sensation qui l'envahissait : il lui semblait que ce magnifique derrière sur lequel elle lança si souvent la langue, lui reprochait sa félonie. Il fallait qu'elle se souvint des rebuffades essuyées, des menaces de Clary, de ses poursuites perverses après sa chère Alexandra, pour se durcir le cœur et se décider à lever le bras.

Levé, il retomba, et les coups cinglèrent les fesses blanches et dodues qui frémirent : les terribles verges s'élevaient et s'abaissaient ; le bras de Reine ne se fatiguait pas ; plus de douze fois il châtia ces rotondités charnues, auxquelles ses lèvres apportèrent la jouissance. Clary geignait ; elle ne supportait pas avec stoïcisme la flagellation, elle murmura :

« N'est-ce point suffisant, miss Reine ? »

Reine ne frappait plus : elle regardait miss Sticker étendue sur son fauteuil, les jupes ramenées, exhibant ses cuisses et son ventre, avec la queue en demi-érection sur laquelle Gertrie tenait la main.

— Reine, vous trouvez que c'est assez, n'est-ce pas mon enfant, reprit Clary ?

— Je vous accorde un moment de répit, puis vous recevrez encore cinq ou six coups.

— Vous êtes donc implacable !

— Implacable, moi, continua Reine voyant que son discours intéressait Jean Sticker, je tiens à me rendre compte si vous vous rappelez bien que nous devons être des amies plutôt que des ennemies.

— Oh oui, plutôt des amies !

Que faisait Gertrie ? Elle s'agenouillait et suçait son frère, dont la queue ne dépassait pas la demi-érection.

Reine l'imitant s'agenouilla derrière Clary, et lui léchant le cul, dit :

— J'adoucis votre souffrance, Clary, vous serez plus courageuse.

— Fouettez-la, ordonna Jean Sticker.

Sans quitter sa position, Reine fessa avec les mains Clary qui, tournant le dos aux trois femmes, ne pouvait rien voir de ce qui se passait. Fouettée, elle murmura :

— Assez de verges, assez de la fouettée, Reine vous avez demandé ma correction, vous devez pouvoir l'arrêter, usez de ce pouvoir.

— Attendez que je m'informe auprès de miss Sticker.

Jean Sticker lui avait adressé le signe de s'approcher. Ayant obéi, quand elle fut devant lui, il la fit retrousser et asseoir sur un de ses genoux pour lui chatouiller le clitoris.

Gertrie se redressa, se dirigea vers Clary, et passant par devant, lui dit :

— Vous avez été bien coupable à l'égard de Reine ! Est-il bien convenable d'appeler dans un water-closet une de nos plus gentilles élèves pour solliciter les caresses les plus douces qu'une femme puisse faire à une autre !

— Sans offenser miss Reine que je vénère, puisque vous et votre sœur vous la gobez, je puis bien affirmer qu'elle est ce qu'on appelle dans son pays, d'où était mon défunt mari, une peau de putain, à qui on peut demander toutes les bonnes choses qu'une bouche et une main savent faire pour vous procurer la voluptueuse jouissance de luxure, et ce, dans un water-closet ou bien dans la plus confortable des chambres.

Et, puisqu'elle ne supplie pas que cesse ma correction, je la prierai d'avouer si vraiment elle n'est pas entrée dans le water-closet et si elle ne m'y a pas léché mon petit trou de devant et mon petit trou de derrière.

— Il n'est pas question de cela, reprit Gertrie. N'avez-vous pas, vous aussi, porté les yeux sur ce qui est loin d'être une peau de putain, et vos propos n'ont-ils pas visé le petit trou de devant et le petit trou de derrière, que je dois à la munificence du Créateur !

— Ah, Gertrie, le ciel m'est témoin que si vous me les prêtiez, je les honorerais autant que le meilleur mari de ce monde, et vous verserais une de ces félicités supérieures à celles habituelles entre femmes.

— Taisez-vous, Clary, voici Reine qui revient avec les verges : Miss Sticker entend qu'elle vous applique encore quelques coups.

Reine avait en effet quitté les genoux de Jean Sticker après un très ardent pigeonnage et un branlage de sa queue assez heureux pour faire augmenter l'érection : elle s'approcha, jupes retroussées sur les bras, les verges dans une main, et se plaçant sur un côté, elle chatouilla les fesses plutôt qu'elle ne les frappa.

— Pourquoi me traitez-vous de peau de putain, madame

Clary, je ne veux que le bien de qui j'aime.

— Je ne vous injurie pas en vous traitant de peau de putain ; ne l'est pas qui désire, et les putains donnent plus de bonheur que cent prétendues honnêtes femmes.

— On peut penser et approuver ce que vous dites, s'écria d'un ton dur miss Sticker, il est honteux de l'exprimer.

— Me demandez-vous pardon de vos menaces, reprit Reine ?

— De grand cœur, ma chère petite, et je vous bécoterai avec amour pour vous le prouver.

— Tenez, Clary, voici un outil sur votre cul ? Qu'en ferais-je si j'étais un homme ?

— Tu me l'enfoncerais.

— Et celui-là le sentez-vous ?

— Oh, feu Clary mon mari, ressusciterait-il, on jurerait d'une pine d'homme.

— C'en est une, Clary, reprit Reine qui avait cédé sa place à Jean Sticker ! Crois-tu qu'elle te causerait plus de plaisir que les voluptés dont tu chantais les louanges aux oreilles de mistress Gertrie.

— Un homme ici, quel est-il ?

— Plus tard tu le sauras ; je te fais grâce des verges, on va te détacher.

Avant de la dénouer, on eut le soin d'ouvrir et de refermer une porte, comme si quelqu'un sortait, et quand, toute nue, libre de ses liens, elle se retourna, elle n'aperçut que les trois femmes, avec lesquelles elle était entrée dans la salle de punition.

— Ma chère Clary, dit miss Sticker avec gravité, j'espère
que vous ne trahirez plus notre confiance : je me retire pour
me reposer ; je ne vois nul inconvénient à ce que vous accep-
tiez le thé chez ma sœur, en compagnie de miss Reine.

— Un thé ?

— Pour effacer tout mauvais souvenir.

Sous la masturbation de Reine, Jean n'avait pas bandé
comme il y comptait : il en accusait l'excès des plaisirs de la
journée, ne voulant pas priver de leurs satisfactions sensuelles
Gertrie et Reine, très excitées, ce thé lui apparaissait utile pour
établir l'accord entre sa favorite, sa sœur et celle qu'elle créait
surveillante générale. Il se retira comme Clary achevait de
se vêtir, et Reine, qui ne perdait jamais l'occasion de profiter
de la moindre chose pour augmenter les félicités de luxure,
s'emparant de la main de Clary, lui dit :

— Pour vous prouver combien je suis heureuse de dissiper
le nuage qui s'élevait entre nous, si mistress Gertrie y consentait, j'amènerais à ce thé l'élève après laquelle vous courez et
qui fut la cause réelle de notre querelle.

— Quoi, mistress Gertrie, elle-même, vous… gobe !

— Nous sommes des folles, Clary, fermons les yeux et vi-
vons nos vices. Vous… avez gobé Reine ?

— Gertrie, intervint celle-ci, me permettez-vous d'aller lui
chercher Alexandra ?

— J'ai peur qu'une élève avec nous, cela ne nous entraîne
au scandale.

— Ne craignez rien : Alexandra est une seconde moi-
même ; je l'ai formée, elle m'obéit parce qu'elle m'aime et

qu'elle m'aimera toujours.

— Petite friponne ! C'est vraiment une partie de délices qu'elle offre là ! Si vous êtes aussi sûre que cela d'Alexandra, allez la chercher pour Clary et revenez vite.

— Moi, dit à son tour Clary, je veux vous causer une surprise, et je monte dans ma chambre chercher un joujou, qui vous tapera peut-être dans l'œil, mistress Gertrie.

Reine était déjà partie ; en attirant Alexandra chez Gertrie, elle assurait ainsi la liberté de tous leurs caprices, car les deux amies, d'accord en la chose, aimaient la variété des personnes dans leurs débauches.

L'âme épanouie, elle atteignait le palier du premier étage, lorsqu'une ombre se présentant la fit se retourner et pousser une exclamation :

— Fréfré, ici, que faites-vous ?

— Je vous guettais, Reine : je savais que vous n'étiez pas dans votre chambre. Je ne vis plus depuis que vous m'avez rendu si heureux ! Hélas, nos bonheurs sont bien rares, toujours quelque chose survient qui éloigne la coupe de nos lèvres. Il fallait que je vous voie, que je vous parle, que...

— Perds-tu l'esprit, mon pauvre ami, de te risquer ainsi dans la maison. Il est miraculeux qu'on ne t'ait pas aperçu ! Est-ce ma faute si nous ne faisons pas l'amour plus souvent ! Dès que nous sommes seuls ou rien qu'avec Alexandra, ne suis-je pas toujours prête à profiter de notre solitude pour te contenter !

— Oh, je le reconnais, adorée mignonne, mais il y a bien

quinze jours que cela ne s'est produit !

Avec l'aplomb qui la caractérisait, comme ils passaient devant la porte de sa chambre, elle le prit par le bras et lui murmura :

— Je suis pressée, on m'attend chez mistress Gertrie, rentrons quelques secondes dans ma chambre et dépêche-toi de te satisfaire. Tu te sauveras ensuite, je ne veux pas être compromise.

Déjà elle avait poussé Fréfré dans la pièce et refermé la porte. Le cœur battait bien fort au pauvre galant en contemplant le nid chaste et pur (combien chaste et pur !) habité par sa timide colombe. Reine lui lâcha le bras pour se laisser tomber sur son lit, jupes relevées et l'appeler :

— Viens, viens vite, jamais on n'aura été aussi bien pour le faire ensemble !

Le sang bouillonnait dans les veines du maître d'équitation ; la fièvre l'emportait, il se déculotta sur les chairs mêmes de sa divine maîtresse, qui lui dit :

— Ôte tout à fait ton pantalon, que je te sente bien !

Mistress Gertrie pouvait bien attendre quelques secondes de plus ! Reine n'entendait pas perdre cette superbe occasion d'être enfilée. Fréfré se débarrassa de son vêtement, jamais sa queue ne s'afficha en si belle érection !

— Oh, Fréfré, s'écria Reine, elle est bien gonflée ta machine, elle aura du mal à pénétrer !

— N'aie pas peur, mon amour, elle glissera comme dans du beurre !

— Pousse-la bien ! Ah, qu'on est bien tous les deux ! Ah,

pousse, pousse, elle entre ! Ah, elle me tient toute la place, ah !

Les lèvres s'agrippèrent, ils ne parlèrent plus. Reine développait les cuisses pour enserrer Fréfré, qui l'enconnait et la pelotait : les soupirs se mélangeaient, la queue s'emparait du vagin, l'envie était si forte que la décharge ne tarda pas à survenir. Reine allongea des coups de ventre pour se procurer la sensation : une fois de plus elle se dépita ; elle n'éprouvait qu'avec Jean Sticker, lorsqu'elle éprouvait, ou sous les caresses féminines se multipliant. Aussi sentant débander Fréfré qui avait largement joui, elle le repoussa de ses bras, sauta à bas du lit, courut faire sa toilette à fond, se poudra, se parfuma et, revenant vers son amant qui se rajustait, elle lui dit :

— Passe sous moi, et assure-toi que je ne sens pas l'homme !

— Tu veux que je te sente !

— Puisque je te le demande ! Je ne tiens pas à ce que mistress Gertrie se doute de ce que nous venons de faire.

Fréfré renifla le conin de sa maîtresse et répondit qu'elle pouvait être tranquille. Même en fourrant le nez dans la boîte à plaisir, on ne s'apercevait de rien.

— Maintenant, reprit Reine, ouvrant la porte avec précaution, tire-toi d'ici comme tu es venu, et tâche qu'on ne te pince pas.

Elle le vit s'éloigner, étouffant le bruit de ses pas, en marchant ses bottines à la main. Rassurée, elle se dirigea rapidement vers la chambre d'Alexandra.

Celle-ci donnait d'un sommeil paisible, les bras et les épaules hors des draps, avec un doux sourire sur les lèvres.

Silencieusement Reine se pencha et colla la bouche sur la sienne. De suite, elle ouvrit les yeux.

— Toi, Reine, tu veux que nous le fassions ! Viens, viens vite dans mon lit.

— Non, il ne s'agit pas de cela. J'ai promis à Clary, avec qui nous nous sommes réconciliées, qu'elle te le ferait, et je viens te chercher pour que tu lui serves de petite femme.

— Oh, que c'est ennuyeux, moi qui le ferais si volontiers avec toi ! Il va falloir me prêter.

Elle ne refusait pas et elle se levait, s'arrangeant rapidement le corps, aidée par Reine. Elle s'apprêtait à l'accompagner, lorsqu'elle exigea de lui faire une langue, et Reine y obtempéra d'autant plus volontiers qu'ainsi elle serait bien fixée si elle sentait ou non l'homme. À la question qu'elle lui en posa, Alexandra répondit que non, sans s'étonner, tant elle trouvait tout naturel de sa part, et elles partirent.

Alexandra éprouva une vive émotion, en apprenant qu'on se rendait chez mistress Gertrie, mais Reine accomplissait de tels miracles qu'elle l'eût suivie au bout de la terre. Elle fit une entrée si modeste, si gentille, si décente, que la codirectrice se demanda si vraiment cette fillette savait bien ce qu'on attendait d'elle. Clary n'était pas encore là. Les deux amies s'empressèrent d'assister Gertrie pour ranger les tasses thé, les gâteaux sur la table du salon. Rien encore ne trahissait les idées polissonnes. Gertrie allait et venait, dirigeait en maîtresse de maison plus qu'en directrice de pensionnat. Elle avait quitté sa robe de soie noire, pour se mettre à l'aise dans un déshabillé de satin jaune, qui faisait ressortir son teint mat et sa beauté de brune. Alexandra observait de la réserve. Clary apparut : elle avait aussi adopté un déshabillé de soie mauve qui adoucissait ses traits et la rendait plus avenante. Elle embrassa Alexandra dès la porte refermée et, non sans faire rougir Gertrie qui servait le thé, lui dit :

— Ah, enfin, nous allons devenir de très tendres petites amies, avec l'autorisation de ta chère Reine ! Tu ne peux t'imaginer, petite galopine, ce que tu m'inspires d'idées cochonnes.

— Clary, voulut intervenir Gertrie.

— Bah, elle a raison de ne pas se gêner, dit Reine, autrement on n'oserait plus rien.

— Je ne demande pas mieux que de vous inspirer, madame Clary, et Reine ?

— Moi, j'aime mistress Gertrie, et je prouverai devant tout le monde combien je l'aime.

Elle approcha la bouche de la sienne, et elles échangèrent une douce caresse.

— À la bonne heure, murmura Alexandra, je vois que c'est Reine qui le lui fera !

— Tu me le feras aussi, nigaude, dit Clary, après que je te l'aurai fait ! Je ne m'opposerai pas à ton plaisir, puisque tu aimes ça.

— Alexandra, intervint Gertrie, Reine m'a affirme que je pouvais avoir toute confiance en votre discrétion, vous voilà des nôtres, je pense que le secret restera bien gardé.

— Je vous le jure, mistress Gertrie, je suis trop heureuse d'être de cette fête !

Reine grignotait des gâteaux que lui offrait Gertrie, s'amusant de la voir en appétit et contente. Alexandra aussi ne s'en privait pas ; mais, les sens de Clary, surexcités par la flagellation, demandaient une satisfaction immédiate : elle tournait autour de la fillette, et expédiait à tout propos la main sous la simple robe qu'elle avait revêtue par-dessus sa chemise ; celle-ci répondait à ses agaceries par un sourire et se laissait approcher de plus en plus. Elle mangeait et buvait ; Clary lui soulevant la robe et la chemise, exhibait les fesses de leur cachette, et s'exclamait :

« Une petite femme comme Reine ! »

Son exclamation attira l'attention de Gertrie, qui s'approcha, examina le cul d'Alexandra, peloté avec tendresse par la main de Clary, et murmura :

— La flagellation fait du bien à tous ces astres !

— Et au tien aussi, ajouta Reine à deux genoux derrière et la retroussant pour mettre à l'air sa belle mappemonde. Vois, vois, Alexandra, ce n'est pas une lune, c'est un soleil resplendissant !

La partie s'engageait sur les feuilles de roses ; Clary mangeait le cul d'Alexandra, Reine celui de Gertrie.

Clary ne s'en tenait pas longtemps à ce hors-d'œuvre ; elle tournait de face la fillette, lui donnait à garder dans la main ses faibles voiles, lançait des langues au conin, au clitoris, au minet, se régalait de ces chairs qu'elle désirait avec tant d'ardeur. Si Alexandra n'avait pas encore le degré de formation physique, atteint par Reine grâce à l'arrosage des queues de Jean Sticker et de Fréfré, elle n'en était pas moins très séduisante et très captivante dans les trésors que celaient ses jupes !

Gertrie s'abattit sur le sol, la matinée ouverte, la chemise relevée jusqu'au cou, et Reine, rampant, lui couvrit le nombril, le ventre, le minet, le con, de chaudes caresses, tortillant le clitoris qui gonflait entre ses lèvres, se jetant par instants sur les seins pour les téter, les sucer.

— Attends, petite, s'écria Clary, délaissant Alexandra pour s'approcher de Gertrie et en repousser Reine.

— Ah non ! répliqua celle-ci, j'aime Gertrie et je ne te la cède pas.

— Qu'est-ce à dire ? protesta Clary la saisissant par les fesses, tu prétends encore te poser ici en souveraine ! Hein, qu'est-ce que c'est, ah bah, est-ce possible ?

Elle venait de glisser un doigt vers le con de Reine, et reconnaissait son dépucelage. Reine lui tapa sur le doigt, et dit :

— Branle-moi, et tais-toi.

— Oh, ma chérie, je vais te procurer une surprise qui te comblera de joie : reviens vite sur les cuisses de ta chère maîtresse, et toi, Alexandra, passe derrière moi et fais-moi tout ce que tu voudras, pourvu que tu ne me déranges pas.

À demi satisfaite, Reine refourra la tête entre les cuisses de Gertrie, présentant ainsi le bas de son corps à Clary, qui lui repoussa les jupes sur les reins.

Sur son derrière, Reine sentit le buste de Clary, puis son ventre qui se calait comme dans le passé celui de miss Sticker, et contre ce ventre, fait extraordinaire, il y avait quelque chose qui ressemblait étrangement à la machine d'un homme.

Oh, il ne fallait s'étonner de rien ! Clary lui becquetait les épaules comme le faisait Jean : de la main, elle dirigeait dans ses cuisses le bizarre instrument qui donnait l'illusion de la virilité : il était un peu fort, elle ne le sentirait que mieux. Embrassant et léchant avec furie le con de Gertrie, lui enfonçant un doigt dans le trou de son cul, à mesure qu'elle sursautait sur les reins sous la félicité qui l'envahissait, elle se prêtait de mieux en mieux à l'œuvre de possession de Clary.

Qu'importe le fictif, s'il remplit le même office que l'homme ! L'objet imaginé par Clary s'enfouissait dans son vagin et lui procurait mille chatouillements délicieux : la chaleur masculine y existait, et tout-à-coup, comme Gertrie se tordait sous les minettes passionnées qu'elle lui décochait, elle éprouva un gros frisson, Clary, en appuyant, venait de lui lancer dans la matrice un ingrédient liquide tiède qui la plongeait dans un vertige plein de douceur et de volupté. Une tête fourrageait par dessous, elle ne douta pas que ce fût celle d'Alexandra, voulant apporter l'ivresse de ses caresses à l'acte de possession accompli sous ses yeux.

Le délire de luxure se communiquant d'un corps à l'autre, bientôt une boule humaine se forma de ces quatre créatures, où l'on n'entendit plus que le bruit des baisers et des tendresses, hosannas d'amour, unissant dans la fièvre des désirs deux femmes faites à deux jeunes filles très vicieuses et très ardentes, renversant par cette loi d'amour l'autorité des âges et des situations acquises. Les caresses ne lassent pas : une fois l'entente conclue, Reine exerçait la suprématie des sens et, amante réelle de Gertrie, l'empêchait de courir après l'acte viril de Clary : mais Alexandra avait aussi la science du saphisme, et Clary elle-même finissait par se soumettre au joug de l'élève. Ah, quel courage fut nécessaire pour s'arracher, avant la fin de la nuit à l'orgie des sensualités ! Mais Reine, la concubine favorite, dicta la retraite et pas une voix ne la disputa sur cet ordre de sagesse.

www.grandsclassiques.com

ISBN ebook : 9782512007685
ISBN papier : 9782512008880
Dépôt légal : D/2018/12603/56

Couverture : © Hélène Massart

Conception numérique : Primento, le partenaire numérique
des éditeurs

9 782512 008880